AF191358

Ulrich Bunjes
Die Frau gegenüber
Storys und Gedichte

Speyer 2024

"Noch nie haben Menschen etwas aus den Erfahrungen anderer gelernt, schon gar nicht aus denen früherer Generationen."

Carl Zuckmayer, *Als wär's ein Stück von mir* (1966)

Ulrich Bunjes

Die Frau gegenüber

Storys und Gedichte

Speyer 2024

Bibliografische Information der Deutschen Nationalbibliothek: Die
Deutsche Nationalbibliothek verzeichnet diese Publikation in der
Deutschen Nationalbibliografie; detaillierte bibliografische Daten sind
im Internet über dnb.dnb.de abrufbar.

Die automatisierte Analyse des Werkes, um daraus Informationen
insbesondere über Muster, Trends und Korrelationen gemäß §44b
UrhG („Text und Data Mining") zu gewinnen, ist untersagt.

Typographie: Calibri und Aptos Display

Die Titelillustration zeigt Aelfgyva, eine der wenigen Frauen, die auf
dem berühmten Teppich von Bayeux aus dem 11. Jahrhundert
verewigt sind.
© Ulrich Bunjes, Speyer 2024
Alle Rechte vorbehalten
Verlag: BoD · Books on Demand GmbH, In de Tarpen 42,
22848 Norderstedt
Druck: Libri Plureos GmbH, Friedensallee 273, 22763 Hamburg

ISBN 978-3-7693-0791-7

Inhalt

Alles ist offen

Wenn im Winter
die Türen der Cafés Bars Kaschemmen
schon am Abend
verriegelt vernagelt
abweisend abwehrend
versperrt waren
dann sieht man im Sommer:
alles ist offen.

Wenn noch vor Wochen
beim Spaziergang im Viertel
die Fenster der Nachbarn
verschlossen verrammelt
verdunkelt verschattet
erschienen
dann sieht man im Frühling:
alles ist offen.

Wenn noch vor Jahren
im Gespräch der Familie
die Gesundheit der anderen
viel schlechter prekärer
bedrohter bedrängter
erschien als die eigne
dann sieht man im Alter:
alles ist offen.

Wenn alle bei Wahlen
beim Klima bei Kaufhof
bei Bahnen in Zukunft
das Schlimmste erwarten
nur Krisen und Klemmen
nur Drängen und Dulden
dann soll man sich sagen:
alles ist offen.

Wenn am Tresen der Kneipe
zwei Menschen
bei Wein Spritz und Hugo
nur Nettes sich sagen
lächelnd und lachend
schmunzelnd und schmusend
dann darf man vermuten:
alles ist offen.

Ein schlimmer Fall

Was hatte er verbrochen, dass er — als erwachsener Mann, mitten im Leben stehend — beim Anblick von Blumen jedes Mal panisch wurde? Weshalb bekam er Schweißhände und Herzklopfen, wenn er in der Zeitung auch nur das Bild einer Gladiole erblickte? Warum atmete er schneller, sobald er das Gelb eines winzigen Löwenzahns sah? Aus welchem Grund trocknete sein Mund aus, sobald die Rede auf eine Nelke kam? Und wieso spürte er Übelkeit und Schwindelgefühl in sich aufsteigen, wenn er auf der anderen Straßenseite einen Blumenladen wahrnahm?

Er wusste es nicht zu sagen. Es blieb ihm ein Rätsel. Ein Handicap, das ihm das Leben schwermachte. Blumen waren allgegenwärtig: abgebildet in jeder Illustrierten, im Restaurant auf jedem Tisch, an jeder Hotelrezeption, auf allen Friedhöfen. Der Gedanke an die blumengeschmückten Dörfer an der Weinstraße erfüllte ihn mit Beklemmung, ja mit tiefem Schrecken. Es machte auch keinen Unterschied, ob es sich um natürliche oder künstliche Blumen handelte. Rot, gelb, weiß — für ihn bedeutete jede Blüte ein furchtbares Erlebnis. Dabei sagte er sich, dass die Dekoration mit Blumen wahrscheinlich gut gemeint war. Für ihn nicht, für ihn waren sie weder gut gemeint noch gut.

Ein schwerer Fall von Anthophobie, sagten die Ärzte. Das Wort half ihm allerdings nur wenig. Gar nicht so rar, wie man denken könnte, sagte die Frau von der Krankenkasse, und kommt auch selten allein. Abhilfe ist prinzipiell möglich, meinte der Psychotherapeut, den ihm ein Freund empfohlen hatte.

Der erste Fehler unterlief ihm im Alter von fünfzehn Jahren, als er Erika kennenlernte. Es konnte nicht gut gehen. Sobald er nach mehreren Wochen des anonymen Anhimmelns endlich ihren Namen erfuhr, war es aus und vorbei. Als sie sich einander vorstellten, wäre er beinahe ohnmächtig geworden, wofür er damals seine akute Verliebtheit verantwortlich gemacht hatte. Heute wusste er es besser.

Dann kam die Sache mit Margarete, mit der er zusammen das Abitur ablegte. Im Klassenraum lag zwischen ihnen eine Distanz von zehn Metern oder mehr, das konnte er aushalten. Aber beim Rein- und Rausgehen bekam er jedes Mal Atemnot. Lange Zeit kam er nicht darauf, warum.

Iris und Rosemarie begegnete er häufig während des Studiums, denn sie hatten dieselben Vorlesungen belegt wie er. Es waren schlimme Momente. Er konnte sich kaum auf den Stoff konzentrieren, so sehr beschäftigte ihn die Aufgabe, seinen Puls unter Kontrolle zu halten und nicht zusammenzubrechen. Um eine Begegnung mit den beiden Frauen zu vermeiden, machte er es sich zur Gewohnheit, bevor der Professor geendet hatte aus dem Hörsaal zu fliehen.

Seine Studentenkneipe trug den schönen Namen „Zum schiefen Stiefel". Sicheres Terrain, dachte er lange. Bis die adrette Bedienung ihn eines Abends ansprach: „Ich heiße Flora, und du?" Aus, Ende. Er konnte damals nicht einmal mehr sein Bier austrinken und suchte sich fortan eine neue Weinstube.

Nach Abschluss seiner Studien fand er sofort eine Anstellung in einer Fabrik namens „Spomenka", in der Büroartikel aller Art hergestellt wurden. Die Arbeit befriedigte ihn und er machte sich keine weiteren Gedanken. Er hatte alle Mühe, einer neuen Kollegin aus dem Weg zu gehen, die Heiderose hieß.

Trotzdem war die Wahl seines Arbeitgebers der zweite große Fehler in seinem Leben, denn irgendwann erzählte man ihm, dass die Fabrik „Vergissmeinnicht" hieß, nur eben auf Kroatisch. Er kündigte sofort, sobald er sich von seinem Schwächeanfall einigermaßen erholt hatte.

Danach musste er lange nach einer neuen Stelle suchen, denn eine Position bei der Schreibmaschinenmarke „Erika", die man ihm anbot, kam ebenso wenig in Frage wie die Mitarbeit in der Vertriebsniederlassung der Champagner-marke „Fleur de Lys". Monatelang blieb er arbeitslos und ernährte sich von seinen Ersparnissen.

Der Therapeut, den er in seiner anthophobischen Not aufsuchte, hieß Jeremiah Nitzan. Bei ihm fühlte er sich gut aufgehoben. Zusammen mit Nitzan stieg er mühsam in die Tiefen seiner Lebensgeschichte hinab, besprach ausführlich seine Kindheitstraumata, das Verhältnis zu seinen Eltern, die Beziehung zu seiner großen Schwester und die Auseinandersetzungen mit seinem kleinen Bruder, um endlich an die Ursache seiner Krankheit zu kommen.

„Ihre Schwester hieß...?" fragte ihn der Therapeut eines Tages.

„Sie wurde Poppy genannt", erwiderte er.

„Nicht gut", kam es sofort von Nitzan, der dabei heftig die Stirn runzelte, „gar nicht gut."

Zunächst konnte er sich keinen Reim auf diese Bemerkung machen, aber dann konsultierte er das Internet. Und bei dieser Gelegenheit fand er dort auch die Information, dass der Nachname seines Therapeuten aus dem Hebräischen kam und so viel wie „Blüte" bedeutete. Er blieb ab sofort zu Hause.

Im Privaten lief es nicht gut für ihn. In der neuen Weinstube lernte er schnell eine Hazel kennen, aber daraus wurde natürlich nichts. Olivia, die sich an seiner neuen Arbeitsstelle — einem Sanitärgroßhandel mit dem unschuldigen Namen „Bleibjohann und Söhne" — durchaus für ihn interessierte, kam auch nicht in Frage, ebenso wenig wie in den Wochen darauf die Kneipenbekanntschaften Hortense, Jasmin und Dalia. Mit der hübschen Finnin Vuokko hätte es etwas werden können, aber das wäre sein dritter Fehler geworden. Arglos erzählte sie ihm nämlich eines Abends, wie sehr ihre Eltern die Windröschen vor dem Haus geliebt hatten; auf diese Weise sei sie zu ihrem Namen gekommen.

Und so verheiratete er sich kurze Zeit später stattdessen mit Sophia. Das war eine weise Entscheidung, denn irgendwie musste er ja weiterleben. Blumen kamen dem jungen Paar nie ins Haus, zur Hochzeit nicht und auch nicht in den Jahren danach.

Noahs Frau

Man kann sich seine Nachbarn in der Regel nicht aussuchen, sondern muss irgendwie mit ihnen auskommen. Aber manchmal ist der Nachbar einfach zu nahe. Mein nächster Hausbewohner — seine Tür ist auf dem gleichen Stockwerk drei Meter von der meinen entfernt — heißt Norbert und raubt mir nicht selten den letzten Nerv.

Neulich klingelte er und erklärte mir auf dem kalten Hausflur ohne weitere Einleitung, mit vor Aufregung glänzenden Augen: „Ist das nicht bemerkenswert? Dass man so viel von dem Archebauer Noah weiß, aber nur so wenig von seiner Frau? Hast du dir das schon einmal überlegt?"

War der Mann übergeschnappt?

„Ich finde das äußerst seltsam", setzte Norbert seinen Gedanken unbeirrt fort, „in der Schöpfungsgeschichte werden lang und breit die Bauanleitungen wiedergegeben. Dreihundert Ellen lang, fünfzig breit, dreißig hoch, der Eingang an der Seite, drei Stockwerke, alles mit Pech abgedichtet. Fertig ist die Arche."

„Ja, danke" sagte ich und machte Anstalten, die Tür zu schließen. Wo er das jetzt wieder aufgeschnappt hatte. Aber er war nicht zu bremsen.

„Und dann die Passagierliste — Noah selbst, und seine Söhne, die er gezeugt hatte, als er fünfhundert Jahre alt war. Dann die Frauen seiner Söhne. Und seine Frau — wenigstens die hätte man doch beim Namen nennen können, finde ich." Norbert machte ein bekümmertes Gesicht. "Bei allem, was sie durchmachen musste. Mehr als vierzig Tage lang nur Wasser sehen, für alle kochen und Wäsche waschen. Und ständig das ganze Tiergewese um sie herum, mit Schlangen und Würmern und Löwen und Tigern. Echt anstrengend, oder?"

An welcher Stelle hatte er meine Aufmerksamkeit geweckt? War es der Zeugungsakt in so hohem Alter? Ich konnte mich nicht bremsen und sagte, „Am bemerkenswertesten findest du wahrscheinlich, dass man mit fünfhundert noch Vater werden kann ... Dürfte objektiv mühsam gewesen sein, das muss ich zugeben."

„Ich finde es jedenfalls erstaunlich," spann Henrik ungerührt seinen Gedanken weiter. „Wenn ich so darüber nachdenke, lässt es die Autoren der Bibel nicht gut aussehen, dass sie wiederholt die Namen seiner Söhne nennen, aber nie den Namen seiner Frau. Ohne die hätte es die Söhne doch gar nicht gegeben."

Norbert der Schlaumeier.

„Die arme Frau", fuhr er fort, „wie sie wohl geheißen hat? Hat nicht jeder das Recht auf einen

Namen?", sagt er verträumt, „vielleicht hieß sie Sarah oder Lara oder Ruth oder Deborah ..."

„Oder Bathseba oder Tamara oder Tabata — ist dir klar, wie lächerlich du klingst?", fuhr ich dazwischen. „Ich habe für solches Klein-Klein weder Lust noch Zeit. Wo du das wieder her hast ..." Ich machte einen neuerlichen Versuch, die Wohnungstür zu schließen.

Norbert stellte einen Fuß dazwischen. „Nimm das nicht auf die leichte Schulter", sagte er mit Nachdruck und einer Hand fest auf meinem Türgriff, „ich finde das erstaunlich, äußerst erstaunlich. Immerhin geht es um Noah bzw. seine Frau!"

„Entspann dich," sagte ich, um die Situation zu entschärfen, „ich hab's nicht so mit der Bibel."

„Deine Sache", erwiderte er ungerührt, „aber nachdenken wird man wird doch noch dürfen." Er schien jetzt enttäuscht und war vielleicht sogar bereit, mich in Ruhe zu lassen. Aber dann fiel ihm noch etwas ein.

„Es gibt noch andere Frauen in der Bibel, die keine Namen haben, hast du das gewusst? Scheint eine Macke der Autoren zu sein. Finde ich einfach erstaunlich." Er ließ die Tür los und wandte sich zum Gehen. Die Enttäuschung über mein unverhohlenes Desinteresse war ihm anzumerken.

Dabei war es nicht das erste Mal, dass ich seine Spinnereien nicht richtig würdigte. Einmal hatte er versucht, mir weiszumachen, dass man im Leben umso erfolgreicher sei, je heftiger man von der Schule geflogen war; als Beispiele nannte er Humphrey Bogart und Salvador Dali. Bei anderer Gelegenheit hatte er mir voller Begeisterung berichtet, dass er demnächst an einem Rasenmäherrennen teilnehmen werde, was für ihn wohl eine Vorstufe zu olympischen Ehren darstellte. Ich habe mir nie vorzustellen vermocht, woher er seine obskuren Erkenntnisse hatte.

Zum Abschied hob er eine Hand und winkte mir zu. Seine Bewegung ließ mich an einen Priester denken. Unsere Türen fielen gleichzeitig ins Schloss.

Manchmal wünsche ich mir andere, wesentlich simpler gestrickte Nachbarn. Dann wäre das Leben erstaunlich einfach.

Zeitlos

Er ist froh, dass er an diesem Wochenende Zeit hat. Natürlich muss man damit verantwortungsvoll umgehen, die Zeit nicht verplempern, nicht in den Tag hinein leben. So protestantisch ist er dann doch noch. Nach dem Ausflug zum ehemaligen Bergwerk müsste er mal nachsehen, woher das schöne Wort „verplempern" kommt.

Bald nachdem er die Autobahn erreicht hat, kommt das Fördergerüst der einst weltgrößten Steinkohlenzeche in Sicht. Es ragt vierbeinig und rostbraun fünfzig Meter hoch in den Himmel über der Ruhr. Eine majestätische, elegante, luftige Konstruktion, die ihn von Weitem an den Eiffelturm erinnert.

Er bucht sich am Eingang der riesigen Anlage eine Tour, weil er neugierig ist und vom Bergbau praktisch nichts versteht.

Zur angegebenen Uhrzeit schart der Tourleiter die kleine Gruppe um sich, überprüft die weißen Handgelenkbändchen, die bei der Buchung übergeben wurden, und stellt sich vor. Die Begrüßung ist launig und schafft sofort eine gute Stimmung.

Als erstes werden die Besucher zum etwas abseitsstehenden Modell der Zeche geführt. Dort fasst der Leiter in wenigen Daten die kaum 140 Jahre umfassende Geschichte der Anlage zusammen. Er erzählt anschaulich von Kohlenwäsche und Kokerei, von Maschinen- und Kellerbühnen, Umformern und Ablenkscheiben, von Zweiseilförderung und Teufenstandszeigern. Der schmächtige Mann, der sicherlich nie unter Tage gearbeitet hat, erklärt, in welchen Formen Kohle in den Handel kommt. Wie viele Tonnen hier jeden Tag gefördert wurden. Wie die Flöze unter dem Ruhrgebiet liegen und wie viele Menschen hier in Lohn und Brot standen, als die Schachtanlagen noch in vollem Betrieb waren.

Die Besucher machen Oh und Ah, als sie die Zahlen hören.

Jetzt, sagt der Schmächtige mit Stolz in der Stimme, jetzt sei es gelungen, dieses einzigartige Industriedenkmal nicht nur in großen Teilen zu erhalten, sondern auch global bekannt zu machen. Die Zeche mit ihren imposanten Anlagen, den modernen Ausstellungen und den Firmenansiedlungen sei zu einem touristischen Anziehungspunkt weit über die Region hinaus geworden. Dank der UNESCO sei man anerkannter Teil des kulturellen Erbes der gesamten Menschheit.

Er schaut auf den Redner und denkt darüber nach, was das bedeutet. Was alles zum kulturellen Welterbe gehören mag. Das Faxgerät, das bei ihm schon lange verstaubt? Die Heißmangeln, die es in seiner Kinderzeit noch an jeder Straßenecke gab? Goethes Schreibfedern und Schillers Spucknapf? Die Eintrittskarten zu Shakespeares *Globe Theatre*? Die Splitter aus Noahs Arche? Er verliert sich in Fantasien.

Die Gruppe ist unterdessen weitergegangen. Der Führer erzählt etwas über die Arbeitsbedingungen der Kumpel, die selbst nach dem Krieg noch unfassbar schwere Arbeit leisteten. Unter Tage mit Presslufthämmern, häufig in fünfzig Zentimetern hohen, staubgesättigten, heißen Gängen. Oder über Tage neben den Förderwagen, Transportbändern und Maschinen, die unablässig kreischten und stampften und einen infernalischen Lärm machten.

Die Besucherschar ist tief beeindruckt. Auf den Gesichtern ist die Erleichterung darüber abzulesen, dass sich die Anwesenden mit ihren Schreibtischjobs diese Strapazen nicht antun müssen. Modernes Gruseltheater, denkt er. Es gehört zum Programm, uns Schauer über den Rücken zu jagen. Aber gut, so war es eben, Schweiß und Schmerzen gehören ja auch zum Weltkulturerbe. Und die Bedingungen in vielen Gruben dieser Welt sind heute wahrscheinlich nicht wesentlich anders als damals. Unserem Stahl sieht man es nicht an, wie teuer er erkauft ist.

Während die Gruppe stehen bleibt, um sich die Prinzipien der Kohlenwäsche erklären zu lassen, blättert er in dem bunten Magazin, das am Eingang für alle Interessierten bereitlag. Aha, denkt er, als er den Leitartikel aufschlägt und die Überschrift liest: „Zeitloses Welterbe". Klingt gut. Ein vielleicht ein bisschen überzogener Anspruch, findet er. Was ist schon zeitlos auf dieser Erde.

Die Besucher lachen, und er weiß nicht genau worüber, denn einen Moment lang war er mit seinen Gedanken woanders. Jetzt erzählt der Fachmann vorne über die Sprache der Kumpel. „Viele der Begriffe, die sich hier in der Grube entwickelt haben, sind in unseren Wortschatz eingegangen", sagt der schmächtige Mann und erwähnt die „Schicht im Schacht" und den Raubbau, „zappenduster", das Kerbholz und den Kawenzmann. Ja, fügt der Tourleiter dann noch hinzu, selbst der Ausdruck „weg vom Fenster" sei nichts anderes als die Umschreibung des Todes von Bergleuten, die ihrer Steinstaublunge wegen immer am offenen Fenster stehen mussten, um überhaupt atmen zu können. Und wenn sie dort nicht mehr standen, war es vorbei.

Die Zuhörer schauen betroffen. Sie überprüfen innerlich ihren Wortschatz.

Man geht wieder weiter. Als die Gruppe stehenbleibt, wird das Thema gewechselt, weil einer der Besucher wissen will, was mit den aufgegebenen Schächten passiert. Ob sie einstürzen und Erdbeben auslösen könnten. Der Angesprochene bejaht das und erwähnt, dass die gesamte Region schon um durchschnittlich zwölf Meter abgesackt sei. Nicht wenige Flüsse habe man schon umleiten müssen, weil deren Gefälle nicht mehr ausreichte. Wasser sei überhaupt ein größeres Problem des Tiefbergbaus, fährt er fort. Um die Schächte trocken zu halten, müsse man das ständig nachdrängende Wasser an die Oberfläche pumpen. Wegen der Schadstoffe im Grubenwasser habe man in jüngerer Zeit auch zunehmend darauf geachtet, dass es nicht zu einer Vermischung mit Grund- und Trinkwasser komme. Das war, sagt der Tourleiter, eine wachsende Herausforderung, je tiefer man die Schächte trieb. Heute stabilisiert das Wasser die aufgelassenen Schächte, aber höher als bis 600 Meter unter der Oberfläche darf der Spiegel auch nicht steigen.

„Eine Ewigkeitsverantwortung", fügt der Touristenführer gelassen hinzu. „Das Abpumpen muss auf ewig gewährleistet sein. Sonst wird das Ruhrgebiet unbewohnbar."

Er schaut den Vortragenden verständnislos an. Ewigkeitsverantwortung? Er fragt sich, wie ernst das Wort gemeint ist. Wirklich für die Ewigkeit?

Ist es das, was „zeitloses Welterbe" bedeutet?

Er spürt Grauen in sich aufsteigen, als er sich klarmacht, was alles passieren kann. Dass es in der

Zeitlos

Geschichte der Menschheit noch nie etwas Ewiges gab. Er findet, dass schon der Anspruch darauf vermessen ist. Blasphemisch fast. Noch nie ist es gelungen, sich die endlose Zukunft auch nur gedanklich vorzustellen.

Irgendwie hat Verantwortung mit Antworten zu tun, und Antworten setzen voraus, dass jemand fragt. Was ist, wenn keiner mehr zu fragen wagt? Wenn keiner mehr da ist, um zu fragen? Es soll ja vorkommen, dass Pumpen versagen. Oder dass keine Ersatzteile mehr beschafft werden können. Oder der Klimawandel verschärft das Problem, der Meeresspiegel steigt — was dann? Nicht einmal das vermag man zu denken.

Die Tour kommt an ihr Ende. Der Leiter erklärt noch kurz die Kokerei, die sich wie ein gigantischer rostbrauner Riegel quer über den Horizont erstreckt. Das sei aber eine andere Führung, die könne man gern zusätzlich buchen, sagt er mit einem Augenzwinkern. Dort drüben gebe es auch gute Restaurants und einen Shop ...

Applaus für den fachkundigen Redner brandet kurz auf, dann zerstreut sich schnell die Schar der Besucher.

Er hört schon länger nicht mehr hin. Er ist mit dem Gedanken an die Ewigkeit beschäftigt. Am Morgen hatte er noch befürchtet, seine kostbare Zeit verantwortungslos zu verplempern. Aber angesichts der Hybris dieses Ortes jetzt kommt ihm jetzt alles banal vor. Verantwortung hat einen anderen Sinn bekommen, eine andere Dringlichkeit, eine größere Tragweite. Er fühlt sich klein und unbedeutend.

Er geht zum Parkplatz und besteigt sein Auto. Ein Stahlgehäuse, das ohne Steinkohle nicht zustande gekommen sein dürfte. Das wirft ja noch ganz andere Verantwortungsfragen auf, denkt er, und dreht den Zündschlüssel.

1372

Das Jahr 1372 fing am 21. September an.

Nein, ich rede nicht vom Geburtstag des Burggrafen Friedrich von Nürnberg, der später Karriere in Brandenburg gemacht hat. Ganz genau weiß man's ja nicht, er könnte genauso gut ein Jahr früher zur Welt gekommen sein.

Und wer? Nein, auch Petrarca ist nicht gemeint. Der starb zwei Jahre später, wenn ich das im Studium richtig mitbekommen habe. Der gute Petrarca und sein Humanismus ... Liebesgedichte auf die wunderschöne Laura ... Ich komme leicht ins Schwärmen. Gib mir lieber noch einen Gin Tonic. Den Gin aus der anderen Flasche, du weißt schon.

Wenn ich dir die Geschichte erzählen soll, muss ich mir aber einen anderen Barhocker suchen, dieser wackelt. Und mach mal die Musik ein bisschen leiser, es sind ja keine anderen Gäste mehr da.

Also 1372.

Issam habe ich kennengelernt, als wir im Gymnasium waren. Er war der Sohn eines ägyptischen Diplomaten. Sein Vater betreute im Generalkonsulat die Seeleute von den Schiffen, die ein paar Tage unten im Hafen lagen. Issam heißt ja „strebsam", und so war er auch. Issam der Strebsame. Viel strebsamer als ich. Sein Englisch war von Haus aus natürlich tadellos. Besser als das Englisch der Lehrer, die hatten in der Zeit nur eine Schmalspurausbildung hinter sich. Dafür war sein Deutsch so lala. Kann man sich ja denken.

Der Drink ist richtig gut, danke.

In der Zeit ging es hoch her. Montanunion. Atombomben. Marshall-Plan. Das waren so die Themen, die Issam interessierten. Die Lehrer erwähnten das mehr so nebenbei. Für uns anderen sowieso Nebensache. Jetzt weiß man's besser.

Und an diesem 21. September, da spricht mich Issam an und sagt, dass er jetzt erst mal feiern müsse. Wieso, sage ich.

Na, Neujahr eben, kommt es von ihm.

Ich war wie vor den Kopf geschlagen. Kann man sich heute nicht mehr vorstellen. Der reine Kulturschock. Was faselte der Kerl da?

Wieso, sage ich nochmal, wieso jetzt im Herbst? Damals war ich nicht so helle im Kopf. Bin ich vielleicht heute auch nicht. Ist auch egal. Aber genau an diesen Moment, an den kann ich mich gut erinnern.

Also … wieso? Issam schaut mich verständnislos an und sagt, dass jetzt das Jahr 1372 anfängt, das sei doch allgemein bekannt. Nur ich Dummy sei so blöd. Er hat mich immer Dummy genannt. Hab' ich nie krummgenommen.

Wenn du jetzt allerdings Dummy zu mir sagen würdest, das würde ich krummnehmen, aber hallo.

Und dann erzählt Issam, dass er in diesem Jahr achtzehn wird, und dass sich sein Leben ändern muss. Das habe er sich fest vorgenommen. Er werde in die Politik gehen. In Kairo würden Leute wie er dringend gebraucht, das habe ihm sein Vater erzählt. Ägypten wache gerade auf, jetzt, wo der König weg ist.

Ah, sage ich, mehr so im Scherz, wo ist der König denn hin.

Du Dummy, sagt Issam und schaut mich fassungslos an. Du hast keine Ahnung. Das Jahr 1372 wird groß. Und er breitet die Arme aus, um Größe anzudeuten. Die Revolution ist da, meint er, General Nagib krempelt alles um, du wirst staunen. Die Welt wird staunen. Er kam richtig in Fahrt.

Na ja, sage ich, kann sein. Aber mit dem Kalender, da müsst ihr noch dazulernen. Und lache, weil ich doch im Besitz der ewigen Wahrheit war. Das Jahr hieß 1952. Stand doch überall geschrieben.

Issam blickt entgeistert an die Decke, schüttelt den Kopf und zuckt die Schultern. Und dann sagt er bloß, dass ich ihm leid tue mit meiner europäischen Arroganz. Für ihn beginne jetzt das Jahr 1372, daran sei nun mal nichts zu ändern.

Gibt mir noch einen letzten Schluck. Nein, den Gin aus der anderen Flasche.

Was soll ich sagen, 1952 waren wir einfach noch nicht so weit. Afrika war weit weg. Niemand konnte sich vorstellen, was noch kommen würde. Nasser und der Suezkanal, ein paar Jahre später, und der Sinai-Krieg. Da war Issam schon längst aus der Schule und zurück in Ägypten. Vielleicht hat er bei der Blockfreien-Bewegung als junger Diplomat mitgemacht. War ihm zuzutrauen. Issam war ein brillanter Kopf.

Ich habe ihn nie wiedergesehen, den Issam.

Warum ich dir das nach so vielen Jahren erzähle? Du kannst dir gar nicht mehr vorstellen, wie dumm wir damals waren. Für uns gab es nur Deutschland. Nur unsere Stadt, praktisch. Alles lag in Trümmern. Ich glaube, es war 1952, als in der Nachbarstraße ein Haus einstürzte, einfach so, man konnte noch die halben Badezimmer im dritten Stock sehen. Spätfolge des Bombardements. Das waren unsere Sorgen. Nicht Ägypten oder Israel. Und schon gar nicht deren komische Kalender.

So viel hat sich vielleicht seitdem nicht geändert. Augen auf in der Welt, sage ich immer, es gibt nicht nur uns.

So, jetzt muss ich aber nach Hause. Danke für alles. Das Geld lege ich dir hin. Und reparier mal die Barhocker. Morgen bin ich wieder da.

Alles Süden

Alles ist relativ, denkt er. Alles hängt mit allem zusammen. Nichts passiert zufällig. Vielleicht machen wir uns gar keinen zutreffenden Begriff von den geheimen Verbindungen zwischen den Dingen, die um uns herum passieren.

Durch das regenschlierige Fenster, hoch oben in der Wand, sieht er einen Schwarm Vögel nach Süden fliegen. Er spürt Fernweh in sich aufsteigen. Zur Sonne, zum Meer, in die Wärme, das wäre menschenfreundlich, auf jeden Fall besser als die ewige Trübnis des 53. Grads nördlicher Breite. Vor allem im Herbst, aber nicht nur dann, überkommt ihn dieses Gefühl: nichts wie weg hier aus dieser grauenvollen Gegend.

Mit einem Seufzer lehnt er sich zurück. Womit hängt wohl die instinktive Lust der Vögel zusammen, allen Schwierigkeiten zum Trotz jeden Winter in den Süden zu fliehen? Ein Zufall kann es nicht sein, geht es ihm durch den Kopf, dazu müssen sich die Tiere zu sehr, bis an die Grenzen ihrer Kräfte anstrengen. Er glaubt, sich an eine erstaunliche Zeitungsmeldung erinnern zu können: Manche Vögel legen vierzigtausend Kilometer zurück. Von welchem versteckten Naturgesetz dieser Drang wohl gesteuert wird. In welches innere Organ dieser Kompass und der ebenso untrügliche Kalender eingeschrieben sein mögen.

Hat man bestimmt schon erforscht. Aber mit absoluter Sicherheit weiß es vielleicht niemand.

Auf dem Gang wird mit Schlüsseln geklappert, und seine Grübeleien wechseln das Thema. Süden — das ist sicher auch relativ. Er stellt sich vor, wie sich wohl ein Vogel verhält, der genau auf dem Nordpol sitzt. Dort ist alles Süden. Also wohin? Und ein ganzer Schwarm — wer gibt die Richtung vor? Der Älteste? Der Schönste? *Die* Schönste? Der Lauteste, der Wagemutigste, oder der größte Rüpel unter ihnen? Und wie kann man unter so vielen Artgenossen den Schönsten, den Ältesten, den Wagemutigsten oder den größten Rüpel erkennen? Wahrscheinlich hat die Wissenschaft auch darauf keine Antwort. Er grübelt eine Weile über seine Erfahrungen in der Schule nach. Die Probleme waren damals auch nicht zufällig, das muss er seit Langem er zugeben.

Aus dem holprigen Pfadfinderlied fallen ihm die Wildgänse ein, die immer „mit wildem Schrei nach Norden" fliegen. Das bezieht sich auf den Frühling, denkt er, nicht auf die Zeit, in der die Tage schnell kürzer werden. Die Vögel wissen sicherlich, dass sie nicht zu weit nach Norden fliegen dürfen, sonst würden sie sich unversehens dem Dilemma aussetzen, dass im nachfolgenden Herbst dann überall Süden ist. Er muss unwillkürlich lächeln. Er sieht die Tiere vor sich, wie sie — den kalten Nordpol direkt unter ihren Bürzeln — ratlos in die Runde blicken, ihre Köpfe schütteln, einander etwas Raues zukrächzen, entschlusslos auf kältesteifen Beinen hin und her hüpfen, gefangen in einer logischen Unmöglichkeit.

Bevor sie dort verhungern und erfrieren, machen sich vielleicht die einen schließlich in Richtung Amerika auf, eine andere Gruppe Richtung Norwegen, eine kleine Schar auch nach China. Die ganz Orientierungslosen fliegen wahrscheinlich direkt zum Pazifik. Oder erreichen mit letzter Kraft Nordkorea. Nur um dort in einem Kochtopf zu landen.

Apropos Kochtopf — bald muss das Abendessen kommen. Ein unfehlbarer Rhythmus im Tagesablauf gibt hier dem ganzen Leben seinen Sinn. Jeder Tag ist wie der andere. Nix wegfliegen, weder nach Süden noch nach Norden oder irgendwo andershin. Dazu brauchte man Flügel, oder eine starke Drohne, um die Mauer zu überwinden. Den Gedanken hat er schon oft gehabt, die Hoffnung darauf hat er jedoch längst aufgegeben. In der Hinsicht gibt es keine geheimen Verbindungen.

Aber der Drang woandershin, das ist ein Naturgesetz.

Wenn er erst einmal draußen ist, wird er schon wissen, wohin er sich wenden muss, dessen ist er sich ganz sicher. Wie oft hat er sich die Freiheit ausgemalt. Wie oft hat er voller Bewunderung den Vögeln nachgeschaut, die blind auf ihre DNA vertrauen können, die sie schon an die richtigen Futterplätze führen wird.

So, stellt er sich vor, genau so wird es ihm ergehen, wenn er hier in ein paar Jahren entlassen wird. Dann ist alles Süden.

Denkmal

Der weiße Zug durchquerte leise, leicht schaukelnd die Wohnviertel der Großstadt. Noch ein kurzer Halt, dann würden sie den Hauptbahnhof erreichen, danach ging es zügig weiter nach Süden. Sie lehnte sich in den bequemen Sitz zurück. So zu reisen — der reine Luxus.

An der Panoramascheibe des Waggons zogen in schneller Folge Gebäude und Hinterhöfe vorbei, die ihr eigentlich gleichgültig sein konnten, sie aber doch gelegentlich zu der Frage inspirierten, warum sich wohl jemand die Mühe gemacht hatte, mit einem gewissen künstlerischen Anspruch „TRW" oder „JANNY" oder „FCK HEW" auf die grauen Mauern zu taggen. Die Antwort würde sie nie erfahren, dazu war sie einfach zu alt. Wenn die Generationenzählung jetzt bei Z angekommen war — wie nannte man wohl ihre eigene Altersgruppe?

Ihre Gedanken wanderten zu den Erlebnissen der vergangenen Tage. Sie versuchte, sich an die eingängige Musik zu erinnern, die bei den Freunden immer im Hintergrund lief. Ein Titel hatte irgendwas mit *Heaven* zu tun. Und *Samba* dingsbums, der Titel würde ihr gleich einfallen, weil sie während des Studiums häufig zu dem Stück getanzt hatten. Wie hieß noch gleich der Interpret? Charles irgendwas? Colin?

Der Zug bremste unhörbar ab, als er sich dem Bahnhof näherte. Ihr Blick blieb für Sekunden an einem kleinen Denkmal am Rande des Parkplatzes haften. Sie bemerkte es zum ersten Mal, obwohl sie diese Strecke häufiger fuhr. Die Plastik zeigte mehrere menschliche Figuren aus Bronze oder aus Stein, mehr konnte sie auf die Schnelle in dieser Entfernung nicht ausmachen, noch dazu ohne ihre Brille. Die eine Gruppe strebte nach rechts, die andere nach links. In diesem Moment lief der Zug bereits in die Bahnhofshalle ein, und dicke Pfeiler versperrten den Blick nach draußen.

Vage fiel ihr ein, dass sie einmal ein ähnliches Denkmal gesehen hatte. Damals war ihr wahrscheinlich bekannt, was die Figuren bedeuteten. Aber wo war das gewesen? Wann?

Der Name des Samba-Titels mit dem prägnanten Gitarrensolo, an den sie jetzt bei Einfahrt in den Hauptbahnhof wieder denken musste, war ihr entfallen. Sie begann sich anzustrengen, um sich vor sich selbst keine Blöße zu geben und der Erkenntnis auszuweichen, dass ihr Gedächtnis nachließ. Vielleicht könnte sie sich wenigstens an den Interpreten erinnern, dann würde sie im Internet weitersuchen … Sie ging das Alphabet durch: Abel? Bernie? Bruce? Ihr fielen Mick und Mike ein, John und Jerry, Sean und Scott. Nichts wollte klick machen.

Was bedeutete das — vorübergehende Schwäche? Eine bleibende Alterserscheinung? Oder mehr, klinisch vielleicht sogar auffällig, beginnende Demenz? Ihr Herz begann, heftiger zu klopfen. Ein Angstschub. Sollte sie, zuhause angekommen, einen Arzt fragen? Was war mit ihr los?

Lautlos rollte die Landschaft draußen vorbei, der Zug hatte jetzt Fahrt aufgenommen. Natürlich konnte sie die Freunde anrufen und sie nach dem Titel fragen, nur so, nebenbei, dann hätte die Sucherei ein Ende. Lieber noch ein wenig warten. An etwas anderes denken, lateral, dann würde ihr alles wieder einfallen. Das Denkmal — ja, das hatte mit Kindern zu tun, jetzt erinnerte sie sich. Kinderlandverschickung, lautete so nicht der Titel? Nonsens, deshalb stellte man doch kein Denkmal auf. Kinderreisen? Kinder auf Reisen?

Bei dem vorüberkommenden Steward bestellte sie einen Kaffee.

Die Zeit mit den Freunden hatte sie wieder genossen. Bei dem Gedanken an die letzten Tage oben im Norden musste sie lächeln. *Stairway to Heaven*, das war der Titel, nach dem sie gesucht hatte. Hurra. Alles nicht so schlimm, man muss nur warten können und an anderes denken, dann kommt alles wieder. Nun ja, nicht alles, zum Beispiel nicht der Name der Gruppe. Vielleicht aber hatte sie den auch nie gekannt, das wäre ja doch tröstlich.

Der Kaffee wurde gebracht, sie zahlte und strahlte den Steward an, froh, einen Augenblick lang nicht weiter grübeln zu müssen. Der Gedanke ging ihr durch den Kopf, dass man den jungen Mann heutzutage wahrscheinlich gar nicht mehr „Steward", sondern „Fahrgastbetreuer" oder so ähnlich nennen musste. Nicht schlimm, die Welt dreht sich weiter, neue Worte kommen auf, alte vergehen. An manches muss man sich gar nicht mehr erinnern.

Und plötzlich fiel ihr der Name des Denkmals ein: „Kindertransport".

Minuten später war auch der historische Zusammenhang wieder da: die Evakuierung jüdischer Kinder in das europäische Ausland, 38/39. Die Kinder überlebten, viele der zurückgebliebenen Eltern wurden ermordet. Ja, so war das. Sie erinnerte sich daran, dass sie bereits ein ähnliches Denkmal vor dem Berliner Bahnhof gesehen hatte, von dem damals die Transporte Richtung Westen abgingen.

Und da meinte sie wieder die Stimme des vierschrötigen, vom Leben gezeichneten Mannes zu hören, den ihre verwitwete Großmutter in der Nachkriegszeit in zweiter Ehe geheiratet hatte. „Opa Daniel" wollte er genannt werden. Ein unsteter Geist, häufig in sich gekehrt und manchmal fast grundlos in Tränen ausbrechend; bei anderen Gelegenheiten laut und aufdringlich und kaum zu bremsen. Borderliner vielleicht. Daniel hatte als sogenannter „Halbjude" das KZ Theresienstadt halbtot überlebt und konnte von den Amerikanern gerade noch rechtzeitig befreit werden. Seine Eltern wurden dagegen in Bergen-Belsen ermordet. Trotzdem kehrte Daniel nach dem Krieg wieder in die Bundesrepublik zurück. Niemand wusste genau, warum, auch die Großmutter nicht. Er hatte zwei Kinder, die wohlbehalten Großbritannien erreicht hatten, weil sie das „Reich" mit einem der letzten Kindertransporte verlassen konnten.

Davon hatte Daniel ihr erzählt, als sie noch klein war. Wieder und wieder hatte er ihr unter Tränen das Leben im KZ geschildert, die vielen Mithäftlinge, die das Inferno nicht überlebt hatten, den Hunger, die Misshandlungen und Erniedrigungen. Die stillen Momente. Die heimlichen Versuche, sich mit Musik oder Malerei eine andere Welt zu imaginieren. Regelmäßig kam er auch auf den Moment des Abschieds von seinen Kindern zu sprechen, der ihm fast das Herz gebrochen hatte. Zum Bahnhof hatte er schon nicht mehr kommen dürfen.

In der Nachkriegszeit kühlte Daniels Verhältnis zu seinen Kindern schnell und unwiderruflich ab. Die Familie erklärte es sich damit, dass sein Charakter zu sprunghaft war, seine Ansprüche an emotionale

Unterstützung zu aufdringlich, seine Versuche zu unverschämt, sich bei seinem einzigen Besuch auf der Insel in die Erziehung der Enkel einzumischen.

Daniel wurde das ganze restliche Leben von seinen Erinnerungen gepeinigt, die wie Furien durch seine Träume fegten und ihn im Wachzustand nicht in Ruhe ließen. Ein Mensch, der solange er lebte, nichts, nicht das kleinste Detail, vergessen konnte.

Irgendwann, Jahre nach dem Tod der Großmutter, starb Daniel. Da war der Kontakt zu ihm, nach einem heftigen Streit über irgendeine Kleinigkeit, schon lange abgebrochen.

Ihre Gedanken kehrten in die Gegenwart zurück. Die draußen vorbeiziehende Landschaft bot keinen Reiz mehr; die Dämmerung hatte alles in fahles Licht getaucht. Vor ihr lagen noch mehrere Stunden Fahrt, die sie mit einem Buch zu verbringen gedachte. Noch gelang es ihr nicht, sich auf die Buchstaben zu konzentrieren. In ihrer aufgewühlten Stimmung verspürte sie einerseits Erleichterung darüber, dass sie sich die Geschichte der Kindertransporte so leicht ins Gedächtnis hatte zurückrufen können. Aber andererseits wich die Angst nicht von ihr, dass sie sich an zeitlich viel Näherliegendes auch nach längerem Nachdenken nicht mehr erinnern konnte.

Wie hieß noch mal der *Samba*? Was ging bloß in ihrem Kopf vor? War das Segen oder Fluch?

Draußen herrschte jetzt vollkommene Dunkelheit. Sicher ein Vorbote für Kommendes, dachte sie. Vielleicht war es gut so.

Die Wiederkehr der Botanisiertrommel

Als typisches Stadtkind erinnere ich mich noch gut an das wunderliche kleine Geschenk aus Blech, das zwar im Moment des Auspackens so faszinierend aussah, das mir aber ewig ein Rätsel bleiben sollte: eine Metallbüchse, zwanzig Zentimeter breit, fünfzehn hoch und an der dicksten Stelle zehn Zentimeter tief. Die Seitenflächen waren aus unerfindlichem Grund oval. Außen war alles grün lackiert und mit lieblos aufgemalten Blumen und „botanischen" Motiven verziert. An dem einfachen, oben mittig angebrachten Metallverschluss konnte man sich leicht die Finger aufreißen. Ein an beiden Seiten angenieteter schmaler Riemen sorgte dafür, dass man die Botanisiertrommel umhängen konnte, um die Hände frei zu haben.

Aber wofür? Der tiefere Sinn des merkwürdigen Geräts wurde mir nie klar. Eine Gebrauchsanleitung gab es nicht, deshalb blieb ewig im Dunkel, was genau in die Trommel gehörte — Gräser? Beeren? Tote Vögel? Nicht einmal für ausgewachsene Pilze reichte der Platz in der Trommel. Nur die kleinsten und anspruchslosesten Blumen hätten vielleicht hineingepasst.

Und welches Spiel hätte ich damit, als Sechs- oder Siebenjähriger spielen sollen? Mit der gut gemeinten Gabe war partout nichts Vernünftiges anzufangen. Lange plagte mich vage ein schlechtes Gewissen, denn ich wusste gar nicht, wofür ich mich eigentlich bedanken musste.

Als ich viele Jahre später die Botanisiertrommel kürzlich im Familienkreis erwähnte, erntete ich nur ungläubiges Staunen.

„Was ist denn Botanisieren?", meinte sofort meine Tochter mit Skepsis, vielleicht sogar etwas Ekel in der Stimme.

„Hoffentlich nicht Unanständiges", sagte meine Frau.

„Steht wahrscheinlich nicht mal im Duden", rief mein ältester Enkel dazwischen, der gerade Abitur gemacht hatte.

„Man müsste mal prüfen, ob sich darauf noch ein Warenzeichen eintragen lässt", sagte nachdenklich mein Schwiegersohn. Immer der erfolgreiche Jurist.

„Hört sich nach krasser Versündigung an der Umwelt an! *Weird*, wahrscheinlich einfach so… rausrupfen! Als wenn wir uns das erlauben könnten!", warf mit Verachtung meine engagierte Enkelin ein.

Meine Schwägerin, die an einer anthroposophischen Schule unterrichtet, pflichtete ihr entrüstet bei: „Schwarze Pädagogik! Wie kann man Kinder nur ermuntern, destruktiv in die Natur einzugreifen?"

Mein jüngster Enkel bekam allerdings leuchtende Augen und fragte: „Hast du die noch? Für mein Drum-Set?"

Ich gab jeden Versuch auf, das merkwürdige Ding näher zu erklären. Manches muss man einfach ruhen lassen. Dann verschwindet es von allein, mitsamt dem schlechten Gewissen.

Herr Heidelbär

Herr Heidelbär mit ä war seines Lebens nicht froh, obwohl er schon dreißig Jahre alt war. Sein Name passte ihm gar nicht, und das lag nicht an seinem seltenen Vornamen „Fiete", denn mit dem konnte er durchaus leben.

Fiete Heidelbär musste allerhand aushalten. Sehr oft kam es zu Verwechslungen. In seinem Pass stand „Fiete Heidel*beer*" mit Doppel-e, was ihm manchmal bei Reisen in ferne Länder Schwierigkeiten bereitete. Denn sein Flugticket lautete meist auf seinen richtigen Namen. Die Zollbeamten schauten ihn immer ganz merkwürdig an, weil sie dachten, dass er seinen Pass — oder sein Flugticket — gefälscht hatte. Oft ließen sie ihn erst nach langen Diskussionen durch die Kontrolle gehen.

Oder im Supermarkt. Wenn im Sommer die Durchsage kam: „Heute frische Heidelbeeren, gerade eingetroffen", dann lachten die Leute, die ihn kannten, und riefen: „Ja, der ist gerade durch die Tür gekommen!" Er schämte sich und konnte überhaupt nicht mitlachen. Stattdessen rief er so laut, dass alle es hören konnten: „Sehr witzig! Großer Scherz! Ich schreibe mich mit ä!" Und verließ eilig den Laden. Worauf die anwesenden Kunden nur noch mehr kicherten.

Herr Heidelbär war ganz dünn. Er konnte so viel essen, wie er wollte, er wurde trotzdem nicht dicker. Das war ein Problem, denn er hatte sich angewöhnt, jedes Mal, wenn er sich einem fremden Menschen vorstellte, „Heidelbär wie Teddybär" zu sagen. Das verstanden die Menschen zwar sofort — jeder weiß ja, wie man „Teddybär" schreibt —, aber dann fiel es ihnen schwer, in ihrem Kopf den dünnen Fiete Heidelbär mit einem pummeligen Pelztier zu vergleichen. Das ging nicht so leicht, und deshalb vergaßen die neuen Bekanntschaften bald wieder, wie er richtig hieß. Manche nannten ihn anschließend „Teddy Heidel*beer*" mit zwei E-s. Das war vielleicht gut gemeint, aber es war trotzdem ein Missverständnis. Und es ging ihm total gegen den Strich.

Doch was konnte er machen?

Gerade vor ein paar Tagen hatte er versucht, im Bürgerbüro seinen Namen ändern zu lassen.

„Was gefällt Ihnen denn nicht an dem Namen ‚Fiete', Herr Heidelbär?", hatte ihn die nette Beamtin hinter dem Schalter gefragt.

„Damit habe ich kein Problem", antwortete Fiete Heidelbär, „es ist eher mein Nachname. Ich möchte ‚Heidel*berg*' heißen."

„Das geht leider nicht so einfach. Nachnamen können wir nur ändern, wenn es dafür einen besonderen Grund gibt. Also zum Beispiel, wenn Sie ‚Fiete Schweinestall' heißen würden. Dann ginge es. Dann könnten wir Sie in Zukunft zum Beispiel ‚Fiete Heidelbär' nennen."

„Geht denn nicht wenigstens ‚Braunbär' oder ‚Pandabär'?", hatte Fiete noch gefragt, aber die Beamtin hatte nur bedauernd mit dem Kopf geschüttelt.

Also hatte Heidelbär sich verabschiedet, das Bürgerbüro unverrichteter Dinge verlassen und einen Schnaps getrunken. Um seine Enttäuschung zu vergessen.

Zwei Tage später fand er vor seiner Wohnungstür eine kleine Pappschale mit Blaubeeren. Das ist ein schlechter Scherz, dachte er, und kippte die Früchte gleich in den Müll.

Wiederum zwei Tage später stand erneut ein kleiner Teller mit Blaubeeren vor seiner Tür. Diesmal lag ein Zettel dabei, und auf dem stand: „Nehmen Sie es nicht so schwer!"

Was das jetzt wieder bedeutete, dachte Fiete Heidelbär, nahm den Teller und stellte ihn bei sich in die Küche. Aber von den Beeren wollte er dann doch nicht essen. Dazu war sein Ärger zu groß.

Zwei weitere Tage vergingen – und als er am Morgen die Wohnung aufmachte, um zur Arbeit zu gehen, stolperte er fast über eine große, schöne Platte mit einem ganzen Berg von Blaubeeren. Es lag ein Briefumschlag dabei, den er sofort aufmachte. „Ihr Name ist doch ganz schön", stand darin in Computerschrift, „Sie sollten ruhig Ihr

Leben ändern und sich eine andere Aufgabe suchen. Ich hätte da ein paar Vorschläge."

Da meint es aber jemand ganz ernst, dachte er, und naschte ein wenig von dem Geschenk. „Gar nicht schlecht", sagte er laut, obwohl niemand außer ihm in der Wohnung war, und probierte noch mehr von den kleinen Früchten. Dann goss er sich ein wenig Milch in einen Teller, gab haufenweise Blaubeeren dazu, ein bisschen Zucker, und fertig war sein leckeres zweites Frühstück.

An diesem Tag kam er zu spät ins Büro. Die Kolleginnen und Kollegen fanden, dass er um den Mund herum ein wenig blau aussah. Aber aus Angst davor, dass er wieder griesgrämig „Sehr witzig! Großer Scherz!" rufen würde, sagten sie lieber nichts.

Und dann?

Kaum, dass er am nächsten Tag aus dem Büro nach Hause zurückgekommen war, klingelte es an seiner Wohnungstür. Das kam selten vor, denn Fiete Heidelbär hatte praktisch keine Freunde in der Stadt. Und seine Verwandten — die durch Heirat mittlerweile lieber andere Namen angenommen hatten — wohnten ganz weit weg und kamen selten zu Besuch.

Wer mochte das sein?

Er öffnete die Tür, in der Erwartung, dass vielleicht ein Nachbar davorstand, um ihn um eine Tasse Zucker zu bitten oder ihm von einem

Wasserrohrbruch zu berichten. Aber nein, so war es nicht.

Denn vor der Tür stand niemand anders als die nette Beamtin aus dem Bürgerbüro. Sie hielt einen Blumenstrauß und eine Flasche Wein in der Hand — nicht etwa Heidelbeerwein, wie man vielleicht denken könnte, sondern richtigen Wein aus Weintrauben.

„Darf ich reinkommen?", fragte sie schüchtern, „bisher war ich ja immer nur bis zu Ihrer Wohnungstür gekommen." Und dann fügte sie lächelnd hinzu: „Dann kann ich Ihnen auch ganz privat einen Vorschlag machen, mit wem Sie vielleicht glücklicher werden könnten."

Und damit fing für Fiete Heidelbär ein ganz neues Kapitel an. An eine Namensänderung verschwendete er nie wieder einen Gedanken.

Jetzt

Jetzt
oder nie
wieder ist heute
schon Ostern und Pfingsten
Chaos

Jetzt,
oder? Nie
wieder! Ist heute
schon Ostern oder Pfingsten?
Chaos

Jetzt
oder nie!
Wieder ist heute
schon Ostern, oder? Pfingsten
Chaos!

Jetzt,
oder nie
wieder! Ist heute
schon Ostern? Oder Pfingsten?
Chaos!

Schipka-Pass

Wie merkwürdig, geht es ihm durch den Kopf. Ein Marketing-Rätsel. Seit Jahrzehnten gibt ein nichtssagender bulgarischer Gebirgspass seinen Namen für alles Mögliche her. Nach ihm sind Bahnüberführungen und Tunnel in aller Welt, Gaststätten, Straßen, Wanderwege, Mauerdurchgänge, ein Brettspiel, eine Zigarettenmarke, ein Fußballclub benannt. Seit vor fast hundertfünfzig Jahren zwei Großmächte dort einen blutigen Krieg führten, geistert der Name wie ein Irrlicht durch die Menschheitsgeschichte: „Schipka-Pass".

Kein Tourist hat ihn je gesehen, aber jeder kennt einen anderen Schipka-Pass. Zum Beispiel seine Kneipe, die heißt seit Urzeiten so. Und das Schnitzel, das er dort regelmäßig bestellt: Schipka-Schnitzel. In dieser Sammlung von Schipka-Pässen fehlt eigentlich nur noch eine Indy-Rockband vom Balkan, denkt er.

Er fragt sich, was man wohl heutzutage investieren müsste, um einen dermaßen nichtssagenden Begriff wie „Schipka" viral gehen zu lassen. Früher war das offenbar einfacher, auch ohne massives Branding – man brauchte einen Sieger, in diesem Fall Russland, der anschließend schnöde um seinen Sieg betrogen wird; Massen von Toten; schneidige Generäle; jede Menge

Mannesmut, und fertig war das Narrativ. Dessen Ursprung man bald darauf getrost vergessen konnte.

Oder war es eher der Klang des fremden Wortes, gerade weil es an nichts Greifbares erinnert? Ein Wort, in dem so viel Spannendes mitschwingt? Das an wilde Natur, dunkle Gefahren, lockende Abenteuer, vielleicht an Lagerfeuer und raue Gesänge in der Nacht denken lässt? Ein Name voller Versprechungen, ohne sie je einlösen zu müssen? Ein Pass, das ist ja immer ein Übergang zu einem Neuen, Unerwarteten. So wie „Khaiber-Pass". Den kennt auch niemand, aber der Name weckt sofort romantische Gefühle, denkt er.

„Schipka" – vielleicht heißen ein paar Leute in Deutschland tatsächlich so. Die müssen halt mit ihrem komischen Namen leben. Er stellt sich unwillkürlich vor, wie eifrige Rechtsanwälte lästige Fragesteller diskret mit Geld abfinden, um Streitigkeiten über einen Produktnamen aus dem Weg zu gehen. Dann denkt er einen Moment an die armen Kollegen Juristen, die wochentags auf der Etage unter ihm sitzen, die sich laufend mit Warenzeicheneintragungen und Markenschutz herumplagen müssen. Bedauernswerte Existenzen. Dann schon eher Marketing wie er.

Und heutzutage? Gerade haben sie einen Namen für den neuen, veganen Schokoriegel der Firma diskutiert. Jemand schlug im Scherz „Tesla" vor;

dessen Ursprung kennt auch praktisch niemand mehr, das passt, aber wegen des „A"s am Ende wäre der Name für ihr Produkt eh einen Hauch zu feminin.

Zwei Silben, wie in „Schipka", das findet er grundsätzlich richtig.

Ihm gehen die ernsthafteren Vorschläge durch den Kopf, die damals durch die Diskussion spukten: „Macker". „Scharpo". „Barro". „Trocky". Alle hatten sie schließlich verworfen. Von den Assoziationen her zu maskulin. Schokoriegel werden schließlich auch von Frauen gekauft.

In der Sitzung hatte er in die Runde hinein gefragt, ob man nicht etwas wie „Schipka" nutzen könnte. „Piko" schlug daraufhin jemand vor. Andere riefen „Schapo", aber das erinnerte zu sehr an Hundefutter, „Schapko" an Tschapka, „Schando" dagegen an Schande und von ferne an Panda.

Oder doch einsilbig? Das Brainstorming dauerte eine Weile. „Ship" ging nicht, zu maritim für den bayerischen Markt; „Schap" kam schon gar nicht in Frage – „Schnapp dir einen Schap", wie klingt das denn.

Sowieso alles umsonst, die Geschäftsleitung hatte sich längst entschieden. Sie setzten einfach den Namen „Calli" durch. Und trugen gleich den passenden Spruch vor: „Dalli einen Calli". Der Geschäftsführer war darauf richtig stolz. Absolut lachhaft. „Dalli", das ist doch voll banane.

„In jedem Falli einen Calli", das geht schon eher. Das hat Power und Potential. Darüber müsste man mal nachdenken. Vielleicht einen Copytest starten.

Also „Calli". Gegen „Piko", das klare Votum der Marketingabteilung.

Aber das kann er jetzt nicht mehr ändern.

Blauer Himmel

In New York regnete es in Strömen, als vor hundert Jahren ein gewisser Donald Robertson seinen geliebten Club in der 44. Straße betrat. Die Stadt konnte im Herbst ungemütlich sein. Er hatte keine Eile. Niemand drängte ihn mit neuen Aufträgen, denn er komponierte stets mehr, als die Verleger brauchten. Seit seinem Hit, mit dem die aus dem Weltkrieg heimkehrenden Truppen gefeiert worden waren, hatte er so viele Erfolgsmelodien produziert, dass er mit dem Zählen schon nicht mehr mitkam. Zwanzig, vielleicht dreißig seiner Titel wurden regelmäßig in den Vaudeville-Shows am Broadway gesungen und im Radio gespielt. Ihm ging es gut.

Als er den Billardraum des Clubs betrat, musste er feststellen, dass der einzige Tisch von vier Spielern besetzt war, die sich lautstark gegenseitig anfeuerten. Die Stimmung war ausgelassen. Robertson erkundigte sich, wann die Partie wohl beendet sein würde, und erhielt zur Antwort: „in einer halben Stunde". Eine Weile schaute er zu. Aber als die vier nach sechzig Minuten immer noch keine Anstalten machten, zum Schluss zu kommen, resignierte er und zog sich in einen der bequemen Sessel vor der rückwärtigen Wand des Billardraums zurück. Ein solches Verhalten war unsozial und in höchstem Maße unfair, fand er.

Robertson begann, sich die Zeit damit zu vertreiben, an neue Melodien zu denken. Wann immer er wollte, drängten sie in einem endlosen Strom aus seinem Inneren an die Oberfläche. Das Komponieren fiel ihm leicht. Die Umgebung des Clubs störte ihn kein bisschen. Er war es gewohnt, überall zu arbeiten, auf dem Rennplatz, am Strand, in einer Hotelsuite, einer Bar oder jetzt neben einer lärmenden Gruppe Spieler. Er brauchte nicht einmal Papier und Bleistift, um sich die eine oder andere Akkordfolge aufzuschreiben. Sobald sich eine Melodie einmal in seinem Kopf verdichtet hatte, konnte er sie jederzeit wieder hervorrufen, singen oder spielen. Er sah sie förmlich vor sich, ausgeschrieben wie auf einem Notenblatt.

Die ersten Töne kamen wie auf Kommando. C-Moll, vier Viertel, da-dada-da-da. Sie waren leicht zu singen, eingängig, sogar optimistisch. Dreimal wiederholen, jeweils eine Terz tiefer, dann im vierten Takt auflösen und wieder auf den Grundton zurückführen. Könnte klappen. Möglich, dass diese unfaire, laute Truppe dort drüben am grünbespannten Tisch ungewollt doch zu etwas gut war.

Donald Robertson war tief in Gedanken versunken und bemerkte es nicht, wie die vier Spieler ihr Spiel beendeten. Als er eine Stunde später selbst den Club verließ, hatte er den Queue nicht einmal zur Hand genommen. Aber die

Melodie war so gut wie fertig. Jetzt mussten nur noch die passenden Worte dazugesetzt werden.

Wie sich am Tag darauf herausstellte, war sein Stammtexter gerade mit anderen Sachen beschäftigt, und so blieb das da-dada-da-da zunächst auf dem Papier, auf dem es schnell skizziert worden war. Aber der gut vernetzte Robertson kannte mehrere musikalisch versierte Autoren.

Eher durch Zufall hatte er kürzlich einen Künstler namens George Whiting kennengelernt. Whiting war aus Chicago gekommen und trat jetzt mit einer Freundin regelmäßig auf dem Broadway auf. Sie gaben populäre Standards zum Besten gab, aber auch selbstgeschriebene neue Stücke, manchmal ein wenig anzüglich. Gut möglich, dass Robertson ihn für das da-dada-da-da interessieren konnte.

Whiting, dem der Komponist in der folgenden Woche das Stück auf dem Klavier vorspielte, erklärte sich spontan bereit, dazu einen Text zu schreiben. Vielleicht etwas Romantisches? Heimkehr an den Herd? Prasselndes Kaminfeuer? Und über allem ein blauer Himmel?

Blauer Himmel war gut, das fand auch Robertson, gerade in dieser Jahreszeit. Vielleicht sogar als Titel. Das passte in das Jahr 1924. Whiting hatte im Text selbst den Namen der Schwarzkehl-Nachtschwalbe untergebracht, einem Vogel, von dem der Komponist bis dato nie etwas gehört hatte. Whiting sollte das gern einmal in seiner Vaudeville-Show probieren, vielleicht würde etwas daraus werden.

In den Broadway-Theatern kam der Titel *„My Blue Heaven"* beim Publikum gut an. Aber gegen die großen Hits, die jeder mitsingen konnte, hatten Whiting und seine Partnerin damit keinen leichten Stand. Das Lied vom blauen Himmel drohte in Vergessenheit zu geraten.

Bis ein lässiger Moderator namens Lyman begann, es zu Beginn seiner wöchentlichen Radioshow regelmäßig zu trällern.

Zu den Hörern der Lyman-Show gehörte ein Texaner namens Gene Austin, der sich gerade in New York niedergelassen hatte. Der kleine neue Song vom blauen Himmel gefiel ihm. Als Sänger und Komponist hatte Austin in der Vergangenheit bereits Riesenhits gelandet und war eine große Nummer in der Unterhaltungsbranche. Er konnte es sich deshalb erlauben, im September 1927 von seiner Plattenfirma ultimativ einen Studiotermin zu seiner eigenen Aufnahme von *„My Blue Heaven"* zu verlangen. Der Wunsch wurde ihm gewährt.

Die Umstände dieser Studiosession waren allerdings schwierig. Die Plattenfirma befand sich gerade mitten in einem harten Konflikt mit der Musikergewerkschaft. Als es an Gene Austins Gesangsstück gehen sollte, packte das Orchester die Instrumente zusammen und verließ das Studio. Austin ließ jedoch nicht locker: mit einem spontan zusammengesetzten und ziemlich laienhaften Trio – einem Pianisten, einem Cellospieler und jemand, der passabel pfeifen konnte - wurde der Titel trotzdem schnell eingespielt.

„My Blue Heaven", dieses spottbillig produzierte, drei Minuten und sechsunddreißig Sekunden lange Stück, wurde im Oktober 1927 auf Schellack mit einer Abspielgeschwindigkeit von 78 Umdrehungen pro Minute veröffentlicht.

Wie vom Donner gerührt müssen alle Beteiligten gewesen sein, als die Platte gegen alle Erwartungen sofort raketengleich in den Charts nach oben schoss. Blauer Himmel, die Liebe, die Heimkehr ins Nest, Nachtschwalben – es traf, zusammen mit der schmelzenden Stimme des berühmten Sängers, ganz offensichtlich den Nerv der Zeit.

So kam es, dass „My Blue Heaven" 26 Wochen lang in der US-Hitparade rangierte, davon dreizehn Wochen auf dem ersten Platz. Weltweit wurden, so schätzt man, mindestens fünf, vielleicht zehn Millionen Exemplare abgesetzt. Der Titel war für viele Jahre die meistverkaufte Schallplatte überhaupt. Es liegt auf der Hand, dass die anderen Größen des damaligen Musikgeschäfts von dieser Entwicklung nicht begeistert waren. Wahrscheinlich fanden sie es unfair, dass eine solche Billigproduktion die Radiowellen und Ladentheken dominierte.

Und der Komponist? Donald Robertson verfasste viele weitere erfolgreiche Melodien. Von den Tantiemen, die ihm sein Überraschungshit noch Jahre später einbrachte, konnte er gut leben. Es steht zu vermuten, dass er sich als erstes einen eigenen Billardtisch anschaffte, um nie wieder auf andere warten zu müssen.

Der Zwerg

„Hast du gesehen, dass das Hotel einen Infinity-Pool hat?" Seine Stimme vibrierte vor Vorfreude und Aufregung. Er sah seine Frau erwartungsvoll an. „Das sollte Spaß machen. Extravaganter Luxus. Wird uns guttun."

„Wusstest du, dass das Wort ‚Infinity-Pool' genau im selben Jahr erfunden wurde, in dem ich geboren wurde?", antwortete sie steif. „Ist doch jetzt irgendwie altmodisch, Karl-Heinz. Vergiss es. In denselben Himmel starren wie hier?" Und als sie nach einer Weile sagte: „Wo ist der Kick?", war er sich nicht sicher, ob sie die Aussicht auf eine Fünf-Sterne-Urlaubsreise nach Südostasien oder das Leben im Allgemeinen meinte. Oder ihr Leben, um genauer zu sein.

Hanne stand vom Sofa auf und legte die Fernbedienung auf den Couchtisch. Der Fernseher verstummte mit einem kleinen Rülpser. „Ich würde lieber den Garten dieses Jahr in Ordnung bringen. Das wird uns etwas kosten", sagte sie ohne Überzeugung. „Der Garten ist proletenhaft. Ich hasse ihn. Wenn wir verkaufen wollen, wird der Garten jeden Käufer vertreiben." Sie sagte „wenn", nicht „falls". Sie wusste sicher, dass ihn das kränken und traurig machen würde. Das Haus seiner Eltern bedeutete ihm viel, Frieden, Stabilität, Erinnerungen an unschuldiges Glück. Sie würde es nie verstehen.

Auf dem Weg zur Tür sagte Hanne: „Die Steine müssen zuerst weg. Sie sind furchtbar. Mehr als furchtbar." Die Tür schloss sich hinter ihr. Sie wünschte ihm nicht eine gute Nacht.

OK, dachte Karl-Heinz, während er die Reisekataloge zu einem ordentlichen Stapel aufschichtete, dem würde ich nicht widersprechen. Die Steine gehörten einer anderen Ära an. Seine Eltern hatten eine Sammlung von Elfen und Kobolden begonnen, teils aus Beton und teils – die teureren – aus Granit. Nach herrschender Meinung waren sie kitschig, mehr als nur geschmacklos. Vielleicht sogar trendy, wenn man lange genug wartete. Aber im Moment einfach nur superkitschig. Und er selbst hatte sich bemüßigt gefühlt, einen kleinen Zwerg hinzuzufügen, den er in einem Laden an der Straße gefunden hatte, als er mit Susanne während ihres Auslandsjahres durch Italien gereist war. Der Zwerg mit dem wissenden, fragenden Blick, den Susanne so lustig fand, dass sie sofort bereit war, den Betrag zu zahlen, den der Ladenbesitzer in seinem gebrochenen Englisch verlangte. Ein Souvenir, kein Kunstwerk. Susanne und er hatten sich bald nach der Reise getrennt, aber als er Hanne traf, hatte der neugierige Zwerg bereits einen festen Wohnsitz im Garten gefunden.

Mit einem tiefen Seufzer schenkte er sich einen starken Drink ein. Morgen sollte er nach Mailand fliegen und nach seiner Rückkehr würden sie besprechen, was mit den Steinen zu tun sei. Nicht heute Nacht. Er döste ein.

Der italienische Geschäftspartner war nicht bereit, sich an die Regeln zu halten, und als Karl-Heinz am nächsten Tag nach Hause kam, war er nicht in der Stimmung, irgendetwas mit Hanne zu klären, am allerwenigsten häusliche Angelegenheiten. Er war einfach erschöpft und ging ins Bett. Die bevorstehende Bürowoche würde schwierig werden, mit langen Abenden und endlosen Meetings.

„Wir müssen reden", sagte Hanne, als sie am Samstag fernsahen. Sie sagte nicht, worüber sie reden wollte, also sagte Karl-Heinz einfach „ja". Er war nur mäßig an der Quizshow interessiert und wäre bereit gewesen, die Unterbrechung zu akzeptieren, aber es kam keine weitere Einladung von ihr. Hanne hatte den Raum verlassen. Als er sich in seinem Sessel zurücklehnte, wurde ihm klar, dass die Sendung vielleicht doch nicht so schlecht war.

Die Einladung zum Brunch am Sonntag von einem seiner strategisch besser platzierten Kollegen, der das Neueste über die Situation in Italien erfahren wollte, konnte er nicht ausschlagen, obwohl er eine Weile mit dem Gedanken spielte. Sie fuhren die fünf Kilometer schweigend, bis Hanne plötzlich sagte: „Ich habe kein gutes Gefühl. Wegen uns. Nichts geht voran, nichts hilft. Du bist langweilig. Ich glaube, du bist bewusst langweilig." Er antwortete nicht, weil sie angekommen waren.

Der Brunch war angenehm, ebenso wie die allgemeine Unterhaltung. Der Kollege Sören und seine Frau Evelyn erwiesen sich als gute Gastgeber, die bereit waren, zu lächeln und über jede auch nur ansatzweise witzige Bemerkung zu lachen.

Dann, mitten in einem harmlosen Geplänkel, sagte Hanne plötzlich: „Wie geht ihr beide eigentlich mit Untreue um?"

„Wenn du eheliche Untreue meinst", sagte Sören nach einigen peinlichen Momenten ungerührt, „haben wir wenig Erfahrung." Evelyn betrachtete aufmerksam den Teller mit dem gebeizten Lachs vor sich. Da niemand sonst sprach, fuhr Sören fort: „Man redet, schätze ich."

Hanne sah ihn an, nicht Karl-Heinz, als sie antwortete: „Wir haben auch nicht viel Erfahrung, aber wir lernen. Ich lerne." Sie griff nach einem Glas Wasser und trank einen Schluck. „Reden ist jedoch schwierig, wenn man allein ist." Und in Evelyns Richtung sagte sie: „Misstrauen ist tödlich, nicht wahr? Tödlich für eine Beziehung, meine ich."

Evelyn lachte. „Wenn ich deinen Mann ansehe, würde ich sagen, dass du dir keine Sorgen machen solltest. Er ist todmüde." Sie zwinkerte Karl-Heinz zu, der sprachlos dasaß. „Karl-Heinz, ich habe den Eindruck, du arbeitest zu viel."

„Apropos Arbeit, Karl-Heinz", unterbrach Sören sie mit der kaum verhüllten Absicht, das Gespräch in sicherere Gewässer zu lenken, „wie war deine Reise nach Italien?"

Als sie nach dem Besuch das Auto erreichten, sprach Karl-Heinz als erster, sobald der Motor ansprang. „Ich habe keine Ahnung, warum du das gesagt hast. Noch dazu vor einem Kollegen." Hanne musste die kaum zurückgehaltene Wut in seiner Stimme bemerkt haben, vielleicht auch den Tonfall völliger Überzeugung, den Menschen annehmen, wenn sie unschuldig erscheinen wollen.

Sie sah ihn an und sagte nur: „Du weißt ganz genau, was ich meine. Fahr." Und damit deutete sie entschlossen auf die Straße vor ihnen. Keiner der beiden sprach während der kurzen Fahrt.

Später am Abend sagte Hanne: „Denk nächste Woche an die Steine. Ich will, dass sie entfernt werden, Punkt. Zumindest der lustige Zwerg. Wenn nicht, mache ich es selbst." Ohne weitere Erklärung schloss sie die Tür hinter sich.

Karl-Heinz, der den Spätfilm im Fernsehen mit leicht verminderter Aufmerksamkeit verfolgte, versuchte, den Schaden einzuschätzen, den die skurrile Bemerkung seiner Frau früher am Tag angerichtet hatte. Sie hätte dadurch Gerüchte in die Welt setzen können — vielleicht war das ihre

Absicht gewesen? Wie vertrauenswürdig waren sein Kollege und dessen Frau, dass sie weitertratschten, dass offenbar eine weitere Ehe auseinanderbrach? Würde Sören den Vorfall im Büro gegen ihn verwenden? Und hatte er angemessen reagiert – indem er auf Hannes völlig unbegründete Unterstellungen überhaupt nicht eingegangen war? Lag es daran, dass seine Frau zu viel getrunken hatte?

Während der Woche sahen sie sich kaum. Karl-Heinz vergaß die „Steine" bald. Er hatte nicht die Absicht, das Haus zu verkaufen, warum auch? Und außerdem wusste er nicht, wen er mit der Entfernung der Steine beauftragen sollte, vielleicht eine Baufirma? Eine Baufirma würde mit einem Bulldozer kommen und den ganzen Garten zerstören. Auf keinen Fall.

Am Mittwoch hinterließ Hanne ihm eine Notiz auf dem Frühstückstisch. „Wann kommen die Steine weg?! Susannes muss zuerst fort."

Susannes? Der Zwerg? Wovon sprach sie? Karl-Heinz legte die Notiz zurück auf den Tisch und wusste nicht, was er denken sollte. Seit Jahren war der Stein nicht mehr als ein Souvenir, in dem er Erinnerungen an eine längst vergangene, sehr schöne, aber kurzlebige Beziehung aufbewahrte. Was war er für Hanne? Sie lebten doch nicht im 19. Jahrhundert, oder? Wie konnte ein einfacher Stein solch starke Verdächtigungen auslösen? Und war er selbst bereit, diesen früheren Teil seines Lebens um seiner Ehe willen zu entsorgen? Wegen eines unbegründeten, unverständlichen Verdachts? Wenn er so leicht einem so seltsamen Hirngespinst nachgab, könnte das sehr unangenehme Konsequenzen haben, dachte er. Hanne würde vielleicht nicht dabei stehen bleiben. Sie könnte ihn zum Beispiel bitten, Tausende seiner alten Fotos zu vernichten.

Als er Sören nach dem Mittagessen in der Kantine des Büros begegnete, sagte Karl-Heinz, dass sie die Einladung zum Brunch sehr geschätzt hätten. „Es tut mir leid, dass Hanne Untreue erwähnt hat, das kam aus völlig heiterem Himmel und hat keinerlei Grundlage. Ich hoffe, es hat dich nicht zu sehr in Verlegenheit gebracht." Sören machte eine wegwerfende Geste, als wollte er sagen, dass er es bereits vergessen hatte, und ging zum Ausgang.

Er konnte sich später nicht mehr genau erinnern, wo und wann ihm der Gedanke gekommen war, aber bald nach diesem kurzen Austausch in der Kantine fiel ihm plötzlich ein, dass Hanne vielleicht gar nicht seine Untreue gemeint hatte, sondern ihre eigene. Ein indirektes Geständnis. Karl-Heinz hielt den Atem an. Das würde ganz neue Dimensionen eröffnen, dachte er plötzlich voller Energie. Tatsächlich hatten sie in den letzten Monaten nicht so viele intime Momente miteinander geteilt – nicht einen, um genau zu sein. Sie hatten nicht einmal bedeutungsvolle Gespräche geführt. Wenn es je ein sicheres Anzeichen von Untreue gab, dann war es das, nicht wahr?

In dieser Nacht lag Karl-Heinz wach und ging die verschiedenen Optionen durch, die Strategien, die ihm zur Verfügung standen, die Argumente, die er im Notfall einsetzen konnte. Er war überzeugt, dass eine direkte Konfrontation nirgendwohin führen würde; Hanne – oder Hannelore, wie er sie von nun an richtigerweise nennen sollte – würde die Sache nur vertuschen und aggressiv über Susanne und den Zwerg herziehen.

Der Zwerg. Vielleicht ließe sich das zu seinem Vorteil nutzen. Vielleicht sollte er ihn als Köder einsetzen, um Hannelore aus ihrer Komfortzone zu vertreiben, sie zu provozieren, die Sache auf die Spitze zu treiben. Er lächelte. Dann schlief er ein. Am Morgen, bevor er ins Büro fuhr, nahm er seine Sonnenbrille heraus, setzte sie dem Zwerg auf und befestigte sie mit Isolierband an der Rückseite des kalten Steins. Ein entzückender, sofortiger Effekt. Die Sonnenbrille verlieh der Figur ein fast mafiaartiges Aussehen. Perfekt.

Als er an diesem Abend nach Hause kam, war Hannelore nicht da. Die Sonnenbrille war noch an ihrem Platz. Er kicherte. Dann fand er die Notiz auf der Anrichte. Sie lautete: „Wenn du das komisch findest, irrst du dich. Geh zurück zu deiner Susanne." Es fängt an zu wirken, dachte Karl-Heinz mit einer gewissen Befriedigung. Sie wird nervös.

Er ging zu dem Schrank, in dem Hannelore das Nähzeug und die Stoffreste aufbewahrte, Textilien, die von handgemachten Vorhängen und Bettdecken übriggeblieben waren, an denen sie in besseren Tagen gearbeitet hatte. Er fand die passenden Farben, blau, rot und weiß. Er schnitt die Stücke auf die richtige Größe zu und ging in den Garten, um den Zwerg zu schmücken. Nach einer halben Stunde trug die Steinfigur eine dreifarbige Schärpe und etwas, das man – mit einem gewissen Wohlwollen – als eine Phrygische Mütze in Rot bezeichnen könnte, eine Reminiszenz an die Französische Revolution. Wie wunderbar. Eine Revolution war genau das, was er jetzt brauchte. Um das Ganze abzurunden, drehte er den Zwerg um, so dass er provozierend zum Küchenfenster blickte. Er nahm die Sonnenbrille ab; das wäre doch nicht historisch korrekt, oder?

Leider musste er erneut auf eine zweitägige Geschäftsreise. Zu gern hätte er Hannelores Gesicht gesehen, sobald sie bemerkte, wie der kleine Revolutionswächter sie neugierig ansah. Vielleicht würde sie sogar einen Anfall bekommen, wer weiß.

Auf dem Rückweg von Oslo, wo er den örtlichen Geschäftspartner ein bisschen zurechtstutzen musste, war es bereits dunkel. Erst am nächsten Morgen fiel ihm auf, dass der Zwerg nicht mehr so bunt aussah, wie er ihn verlassen hatte; er war ganz schwarz, als hätte man ihn mit dem Kohleanzünder für den Gartengrill angezündet. Nackt, ohne jegliche Verzierung, mit einem Loch, wo die Nase gewesen war. Die Erklärung lag auf der Anrichte. Sie lautete: „Ich weiß, dass du Susanne gesehen hast. Das nächste Mal nehme ich Feuer. Verschwinde."

War das bereits das Symptom eines Zusammenbruchs? Er war sich nicht sicher. Hannelore leistete mehr Widerstand, als er dachte. Vermutlich waren stärkere Maßnahmen erforderlich.

„Hanne", kritzelte er auf ein Stück Papier und strich es dann durch. „Hannelore", schrieb er darunter, „warum lässt du deinen Geliebten nicht für eine Sekunde in Ruhe und kommst nach Hause, um die Angelegenheit unter vier Augen zu besprechen." Dann trug er den verstümmelten Zwerg mit beträchtlicher Mühe ins Haus, stellte ihn mitten in der Eingangshalle ab und befestigte seine Nachricht mit Tesafilm an dem verbrannten Arm. Der Zwerg hatte viel von seinem Charme verloren, dachte er. Der anfänglich freche Gesichtsausdruck war einer entsetzlichen Grimasse gewichen.

Er machte sich auf den Weg ins Büro, überzeugt, dass er auf der richtigen Spur war, aber nicht so sicher, welche Nachricht er vorfinden würde, wenn er später nach Hause kam.

Als er in dieser Nacht die Tür öffnete, fand er keine Nachricht. Der Zwerg war weg. Ein paar Minuten später klingelte das Telefon in seiner Tasche. Es war Sören. „Karl-Heinz, bist du das? Ich habe gerade einen aufgeregten Anruf von Hanne bekommen. Sie scheint über etwas verärgert zu sein, wenn ich das sagen darf. Sie hat mich gebeten, dir zu sagen" – Sören seufzte – „dass sie etwas in dein Bett gelegt hat. Ich zitiere: ‚etwas Schönes'. Keine Ahnung, was sie meinte oder warum sie dir das nicht direkt gesagt hat. Viel Spaß, Kumpel! Muss jetzt los." Sören legte auf.

Karl-Heinz hatte ein komisches Gefühl, als er nach oben ging. Die Dinge entwickelten sich nicht so, wie er sie geplant hatte. Als er die Schlafzimmertür öffnete, roch er zuerst den angezündeten Zwerg und dann sah er ihn. Er war in sein ungemachtes Bett gelegt worden. Der Schmutz und der Ruß hatten Schlieren auf der Bettwäsche hinterlassen, was schockierend genug war. Aber wirklich beunruhigend war der Kopf, der auf dem Kissen lag, mit einem Hammer oder einem Eispickel vom Rest des Körpers abgetrennt. Auf seiner Stirn klebte ein Post-it, auf dem in großen Buchstaben ein einziges Wort stand: „Scheißkerl".

Er spürte, wie das Adrenalin durch seinen Körper schoss. Gut, dachte er, lasst die Aggression beginnen. Diese Botschaft verlangte eine ernsthafte Reaktion. Er ging nach unten, um etwas zu trinken zu holen, seinen Kopf freizubekommen und eine Gegenstrategie zu entwickeln. Wo war Hannelores Versteck, wo hatte sich ihr Geliebter versteckt, das war die erste Aufgabe für die nächste Phase, und sie begann: jetzt.

Er rief Sören an, der auf seinen Anruf gewartet haben musste. „Sören, mein Freund, hat Hannelore gesagt, wo sie ist? Sie hat so eine schöne Überraschung für mich vorbereitet, ich möchte sie selbst überraschen." Er legte ein Lächeln in seine Stimme, um sie überzeugender klingen zu lassen. „Könntest du vielleicht versuchen, sie unter einem Vorwand ans Telefon zu bekommen und es herauszufinden. Und dann sag mir so schnell wie möglich Bescheid." Sören sah eigentlich keinen Sinn darin, in eine scheinbar rein eheliche Angelegenheit einzugreifen, versprach dann aber, es zu versuchen.

Um die Wartezeit zu überbrücken, trug Karl-Heinz den zerbrochenen Zwerg zunächst in den Garten und ließ ihn dort zurück, ohne sich die Mühe zu machen, die Teile wieder zu einer erkennbaren Form zusammenzusetzen. Er verfluchte Hannelore und seine eigene Dummheit, eine dämliche, nachtragende, eifersüchtige Schlampe geheiratet zu haben. Dann ging er wieder hinein, um noch einen Whisky zu trinken. Er zündete das Kaminfeuer an und begann über mögliche Vergeltungsmaßnahmen nachzudenken, die er ergreifen würde, sobald er vor Hannelore und ihrem Liebhaber stünde. Rache für all das Unrecht, das er in den Jahren erlitten hatte. Die Zurückweisung, die Kritik, Hannelores zynische Bemerkungen über seine stagnierende Karriere, über seine Vorliebe für Luxus und Muße. Endlich Rache. Genug ist genug.

Er wartete, ohne zu einem endgültigen Entschluss zu kommen, was er tun oder sagen würde, wenn er sie direkt konfrontieren könnte. Ihm wurde schwindlig. Whisky war in dieser Situation vielleicht nicht gut für ihn. Dann fühlte er sich zunehmend unsicher. Doch bevor seine Sicht verschwamm und er umkippte, fiel ihm ein Wort ein: KO-Tropfen.

Die Feuerwehr, mitten in der Nacht von einem Anrufer alarmiert, der es schaffte, anonym zu bleiben, fand ihn nackt, gefährlich nahe am Kamin liegend, seine Hände, Füße und Genitalien leicht verbrannt. Dem Haus wurde kein weiterer Schaden zugefügt, aber der Besitzer würde Probleme haben, wieder ohne Krücken zu gehen, zu schreiben, ein Handy zu bedienen. Oder ein Kind zu zeugen.

Das Alibi seiner Frau für diese Nacht war bombensicher, so viel war schnell klar. Der Vorfall wurde als das Werk eines unbekannten Eindringlings eingestuft. Es dauerte nicht lange, bis Hannelore die Scheidung einreichte und aus der Stadt wegzog. Sie änderte auch ihren Namen.

Soweit es Karl-Heinz betraf, fand er, sobald sich sein Zustand einigermaßen stabilisiert hatte und er das Krankenhaus verlassen konnte, jemanden, der ihn nach Italien fuhr. Er war überzeugt, dass er den Laden am Straßenrand wiederfinden würde, den Ladenbesitzer mit seinem gebrochenen Englisch und all die geschmacklosen Statuen, die der Ladenbesitzer unschuldigen Touristen andrehen wollte. Das Spiel war noch nicht vorbei.

Die Frau gegenüber

Sie war in Mannheim zugestiegen: eine gepflegte Erscheinung in strengem Business-Outfit, die schwarzen Haare sorgfältig zu einem halblangen Bob frisiert. In den Händen hielt sie Plastiktüten. Sie lächelte freundlich. Ich wandte mich wieder meiner Zeitung zu. Außer uns beiden blieb das Abteil leer. Der ICE fuhr schnell und leise an.

In der Ruhe hörte man jedes Geräusch, sodass ich aufblickte, als sie sich an einer ihrer Tüten zu schaffen machte. „Wollen Sie mal sehen?", fragte sie mit einer recht tiefen, professionell ausgebildeten Stimme. Ich nickte.

Was ich sah, verschlug mir die Sprache. In der Tüte steckte ein ganzer Jahrmarkt, in Miniaturgröße natürlich. Mit allem, was dazugehört: Riesenrad, Achterbahnen und einer riesigen Schiffsschaukel, mit Currywurstbuden und Bierzelten. Die Musik eines Kinderkarussells erfüllte die Tüte.

„Wie ... außergewöhnlich", stammelte ich.

„Ja", sagte sie, „ganz außergewöhnlich, in der Tat. Denn dieser Typ Fahrgeschäft dort" — sie wies auf ein Hochgeschwindigkeits-Karussell, das die Insassen mit atemberaubender Geschwindigkeit durch die Luft wirbelte — „heißt ‚Big Spin' und ist das erste auf dem Kontinent. Ein großer Erfolg!" Sie lächelte, als ob sie am wirtschaftlichen Ergebnis des Unternehmens beteiligt wäre.

Als sie die Plastiktüte schloss, verstummte die Musik. Träumte ich? Hatte man mir heute Morgen etwas in den Kaffee getan?

„In wenigen Minuten erreichen wir Frankfurt am Main Flughafen. Die nächsten Anschlüsse…" Die Stimme aus dem Lautsprecher unterbrach meine Gedanken.

Der Zug verließ schnell wieder den Bahnhof. In unserem Abteil blieben wir allein.

„Kann ich Ihnen noch etwas zeigen?", fragte sie nach einigen Minuten. Ihre blonden Haare hatte sie jetzt unter einer blauen Skimütze versteckt. Sie öffnete eine zweite Tüte und ließ mich hineinschauen. Was ich sah, war ein sonnenbeschienenes Alpenpanorama, am Talgrund ein riesiges Hotel, daneben gespurte Loipen. Auf den schneebedeckten Wegen fuhren Pferdekutschen, Fußgänger trugen Wintersportgeräte auf den Schultern.

„Was …" entfuhr es mir, als wir Frankfurt-Süd hinter uns gelassen hatten.

„Ja, seltsam, nicht wahr? Hier, unweit des Erfrischungstands, übt Kronprinz Rudolf von Österreich-Ungarn das Skifahren." Überall wedelten Skifahrer zu Tal. Aus der Tüte drang das knirschende, knisternde Geräusch von Kufen auf Schnee.

Nach einigen Minuten wortlosen Staunens fragte ich meine Mitreisende, wie das alles möglich war.

„Das war möglich, weil Kronprinz Rudolf Interesse an der Natur hatte. Deshalb fiel sein Aufenthalt in den Alpen auch nicht so auf. Aber seine große Liebe aus Prag ist nicht dabei," sagte die Frau gegenüber betrübt. Sie schloss die Tüte, nahm ihre Skimütze ab und löste die Haare.

Nach Fulda vergingen einige Minuten in Schweigen. Wir betrachteten beide die vorbeirasende Landschaft. Ich versuchte, mir einen Reim auf diese rätselhafte Frau und ihre Tüten zu machen. Als ich den Blick wieder meiner Reisegefährtin zuwandte, bemerkte ich, dass sie einen knappen, sommerlichen Top trug. Ihre roten Haare wurden von einem weißen Bandana zusammengehalten.

„Das müssen Sie sehen, wenn Sie noch ein wenig Zeit haben." Ihre helle Jungmädchenstimme war bezaubernd. Sie klopfte einladend auf den Sitz neben sich und öffnete die dritte Tüte.

Plötzlicher Lärm füllte das Abteil. Auf dem Grund des Beutels sah und hörte man grölende Menschen, die sich rhythmisch im Takt der Musik bewegten, Gläser in der Hand. Eine hell erleuchtete Kneipe neben der anderen, jede bis zum Bersten gefüllt.

„Ballermann", rief sie durch den Krach. „War ich gerade."

„Ich weiß nicht, was ich sagen soll", brachte ich heraus.

„Das Wort heißt *over tourism*, wenn Sie mich fragen", zwitscherte sie fröhlich und schloss die Tüte zu drei Vierteln, so dass man sich besser unterhalten konnte. „Ich habe Verständnis für die *locals*, manchmal geht das wirklich zu weit." Dann, nach einer kleinen Pause: „Bevor Sie fragen — ich habe dort auf der Insel keine Wohnung und treibe auch die Mieten nicht hoch. Man ist ja kein Unmensch."

Ich fragte mich unwillkürlich, ob sie überhaupt ein Mensch war.

„Aber dann und wann ein bisschen Abenteuer, das ist doch okay, oder?" fuhr sie fort. Ein kecker Ausdruck verbreitete sich auf ihrem Gesicht. Sie nestelte an ihrem Bandana.

„Ja, ich weiß nicht …" erwiderte ich unbeholfen und verlegen. Sie schloss die Ballermann-Tüte. Stille breitete sich im Abteil aus.

„Ich muss in Kassel aussteigen", kam ihre melodische, tiefe, geschulte Stimme vom Sitzplatz gegenüber. „Documenta vorbereiten. Wird nach den Vorfällen des letzten Mals nicht einfacher. Aber was wäre die Kunst ohne Überraschungen."

Ich schwieg.

„War schön, mit Ihnen geplaudert zu haben", sagte sie, als der Zug abzubremsen begann. Sie erhob sich in ihrem Businessanzug. „Einen angenehmen Tag noch." Sie schob die Abteiltür auf, beide Hände auf den Griffen ihrer kleinen

Handtasche mit dem Louis-Vuitton-Logo. Von den Plastiktüten sah ich keine Spur.

Für Renia

Er betrachtet Renias Foto vor ihm auf dem Tisch, so wie er es in letzter Zeit schon x-mal getan hat. So viele Tage hat er gebettelt und sie gebeten, ihn wieder zurückzunehmen. Nicht einmal einer E-Mail hat sie ihn gewürdigt.

Die Zeiten ändern sich, Renia, das musst du einsehen.

Also nimmt er einen Kugelschreiber. Ohne Eile und mit der ihm eigenen Sorgfalt sticht er ihr damit die Augen aus.

Sie hätte das nicht sagen dürfen. Mich zu verlassen und dann vor allen so bloßzustellen. Nicht so. Nicht jetzt. Nicht mit mir. Nach allem, was wir aneinander hatten.

Das Foto, das jetzt lädiert aussieht, wirft er in den Papierkorb zu den anderen. Er nimmt ein neues, identisches vom Stapel, greift zur Schere und schneidet Renia fein säuberlich den Kopf ab.

Womit habe ich das verdient, dass sie so zu mir ist? Dass sie mich vor den Kumpels schlechtmacht, unsere Geschichte in den Dreck zieht? Dass sie lauthals dies und das erzählt, was man eigentlich niemandem erzählen darf? Was gibt der Bitch das Recht dazu?

Vor Tagen hat er mit dem Gedanken gespielt, sich einer Männergruppe anzuschließen, und sich am

Ende doch dagegen entschieden. Wie sieht das denn aus, Männergruppe. Als wenn er sich nicht selbst helfen könne.

In seinem Kopf gewinnen neue Bilder Gestalt. Er will sie zum Weinen bringen. Er will, dass sie wieder zu ihm zurückkommt und ihn in den Arm nimmt. Er will, dass es wieder wie früher ist. Renia und er, das war doch gut, so wie es war. Er findet, dass er ungerecht behandelt wird. Sein Studium leidet, seine Gesundheit leidet wahrscheinlich auch — er schläft schlecht. Er kann sich auf nichts anderes konzentrieren als auf Renia. Seit Tagen hat er mit niemandem telefoniert. Seinen WG-Mitbewohnern geht er aus dem Weg. Ihm wird immer klarer, dass sich etwas ändern muss, etwas Entscheidendes. Er schreibt ihr eine WhatsApp-Nachricht.

Du Hure … dazu hattest du kein Recht. Das war übel, das war toxisch. Das musst du zurücknehmen.

Beim Durchlesen beschließt er, aus naheliegenden Gründen die Worte „du Hure" zu streichen. Dann drückt er den Sendeknopf und hofft, dass die beiden Häkchen bald blau werden.

Am nächsten Morgen sieht er, dass sie die Nachricht geöffnet hat. Es erfüllt ihn mit Genugtuung. Jetzt kommen die Dinge in Bewegung. Weniger gut ist Renias Antwort, die aus einem Wort besteht: „Scheißkerl". Immerhin hat sie reagiert, denkt er, aber inhaltlich … Die Beleidigung spürt er körperlich und heftig. Es geht etwas kaputt.

Dann fällt ihm ein, dass er das Passwort für ihren Facebook-Account kennt. Schön, dass sie den Zugang noch nicht gesperrt oder geändert hat. Er loggt sich ein und schreibt unter ihrem Namen eine neue Nachricht.

Was ihr alle vielleicht noch nicht wisst: ich bin ziemlich durcheinander und mache die wildesten Sachen. Neulich habe ich den liebsten Menschen auf der Welt so vor den Kopf gestoßen, dass er mir böse ist. Das tut mir aufrichtig leid. Ich werde es schnellstmöglich wiedergutmachen.

Wird das reichen, fragt er sich, oder muss da mehr kommen als diese weiche Tour? Immerhin könnte sie den Eintrag ja ohne weiteres wieder löschen. Vielleicht ist es besser, den Druck zu erhöhen.

Er entwirft einen Plan. Erster Punkt: ein neuer Account unter einem anderen Namen – nicht unter einem erfundenen Namen, sondern mit dem Namen ihres früheren Freundes. Kinderleicht. Er macht sich daran, Renia und ihre Freunde mit einer ersten Nachricht zu beglücken.

Schrecklich, was mit Renia passiert. Sie dreht durch und hurt sich durch die Gemeinde. Selten so ein verdorbenes Busen-Luder gesehen. Irgendjemand müsste mal einschreiten.

Er fragt sich, ob das altertümliche Wort „Luder" wohl zu dem früheren Freund passen würde, aber er lässt es stehen. Geschieht ihr recht, findet er. Jetzt muss man abwarten.

Stunden später erhält er eine WhatsApp-Nachricht von Renia. Sie fordert ihn auf, „den Mist zu lassen", sonst wisse sie sich zu wehren.

Wie will die Schlampe sich denn wehren? Mit Wattebällchen werfen? Das hätte sie sich früher überlegen müssen, statt mich zu beleidigen. Jetzt lege ich erst richtig los.

Erst setzt er unter dem falschen Namen einen neuen Facebook-Kommentar ab.

Renia ist völlig irre. Gestern Abend ist sie orientierungslos durch das Stadtviertel gelaufen, hat gesabbert und auf Kinder eingeschlagen. Einliefern und Wegsperren ist die einzige Option. Polizei ist schon angerufen.

Dann geht er seine alten Fotos durch und findet ganz interessante Sachen – Renia mit bloßem Oberkörper, er mit nacktem Unterkörper. Er nimmt sein Bild, vergrößert die interessanten Teile und schickt ihr den Ausschnitt mit der Bemerkung, sie wisse ja gar nicht, was ihr entgeht. Befriedigt legt er sich schlafen.

Am folgenden Tag — eigentlich ein Seminar-Termin, aber dafür hat er jetzt weder Zeit noch Nerven — setzt er sich an den Rechner und fängt an, das Bild von Renias Oberkörper zu verbessern. Die Arbeit macht ihm Spaß. Da geht doch was, denkt er. Hier noch etwas vergrößern, dort etwas wegnehmen, die Farbtemperatur verändern, so dass alles in das rechte Licht gerückt ist. Als er zufrieden ist, postet er die Aufnahme mit den Worten: *„Bewerbungsfoto für die Pornoindustrie."*

Dann greift er sich einen weiteren Ausdruck vom Stapel auf seinem Schreibtisch und beginnt, mit der Schere ihr Gesicht zu zerkratzen. Das gefällt ihm außerordentlich. Es erleichtert ihn sogar ein bisschen, auch wenn die nagenden Zweifel bleiben.

Warum reagiert die Bitch nicht? Reicht das noch nicht? Dabei ist es doch noch gar nichts im Vergleich zu dem, was die Schlampe mir angetan hat!

Zwei volle Tage vergehen, ohne dass er etwas von ihr hört. Da reißt bei ihm etwas, vielleicht ein Geduldsfaden, vielleicht eine Synapse, vielleicht eine seelische Hemmung. Er schreibt ihr eine Nachricht auf WhatsApp.

Mach bloß die Tür fest zu, denn ich weiß doch genau, wo du wohnst und wie der Schlüssel aussieht. Vielleicht habe ich sogar noch ein Duplikat ...?

Die beiden Häkchen bleiben über Stunden blass, deshalb setzt er eine zweite Nachricht ab.

Glaub nicht, dass du dich stumm und taub stellen kannst. Damit kommst du nicht durch. Ich habe legitime Ansprüche auf dich. Deshalb werde ich kommen und dich so zur Rede stellen, dass dir Hören und Sehen vergeht.

Seine Aggression steigt mit jeder Stunde, die seine Botschaften unbeantwortet in ihrem Postfach liegen.

Wiederholt greift er in den kommenden Tagen zu den Fotos auf seinem Schreibtisch und der Schere. Mit Kugelschreiber malt er obszöne Sprüche auf ihren Körper. Auf Facebook verbreitet er unter falschem Namen allerlei Zeugs über sie, was ihm gerade so in den Sinn kommt. Schließlich ruft er die Seite des Versandhändlers auf und beginnt, nach Trackern zu suchen. Er findet sie, mit und ohne Magneten, mit 30 oder 60 oder 90 Tagen Akkulaufzeit, mit GPS- oder Bluetooth-Anbindung, mit und ohne Abo, für Autos, Kinder, Koffer, Lkw, Boote oder Bikes, Lieferung jetzt oder gleich. Die Preise sind erschwinglich, alles kein Thema. Er bestellt, was er für seine Zwecke brauchen kann. Er findet es nur fair, dass er sie darüber in Kenntnis setzt.

He, du Schlampe, ich weiß von jetzt an genau, wo du bist. Sogar dein Fahrrad habe ich lokalisiert. Glaub nicht, dass du dich verstecken kannst.

Bis die Lieferung eintrifft, hat er noch Zeit, in den dunklen Stunden das Terrain um ihre Wohnung herum zu sondieren. Wo kann er sich verbergen, wo kann er ihr unbeobachtet auflauern, durch welche Tür kommt er am besten an ihr altes Rad heran, das wohl im Keller steht. Das sind die Fragen, die er jetzt vorrangig klären muss. Alles systematisch angehen, sagt er sich, nichts dem Zufall überlassen, schließlich hat er eine wichtige Mission: sie darf nicht davonkommen. Er verlässt grußlos die Wohnung und macht sich an die Arbeit. Als er zurückkommt, sieht er, dass seine Nachrichten immer noch nicht gelesen wurden. Aber das beunruhigt ihn nicht weiter.

Die Schlampe ist echt faul. Ich werde ihr Beine machen. Mit mir geht man so nicht um, das wäre ja noch schöner.

Am übernächsten Morgen treffen zuerst die Tracker ein. Er legt sie bewundernd neben den Computer und die Fotoausdrucke: geile Teile, findet er, gerade richtig für seine Vorhaben.

Kurz darauf klingelt es ein zweites Mal an der Wohnungstür. Da seine Mitbewohner schon in der Uni sind, geht er hin und öffnet.

Vor ihm im Treppenhaus stehen ein Schrank von Mann und neben ihm ein Knirps. Beide halten ihm ihre Ausweise dicht vors Gesicht und stellen sich damit als Polizisten vor.

„Dumm gelaufen", sagt der Schrank ohne Umschweife. „So einfach geht das heutzutage nicht mehr. Dürfen wir mal reinkommen? Wo steht denn Ihr Computer?"

Die Wunschliste

Plötzlich erinnert Susanne sich daran, dass das Telefon schon eine ganze Weile nicht mehr geläutet hat. Eine Woche, vielleicht länger. Es schmerzt sie, dass sie den Kontakt zu ihrer Tochter verliert. Das ist so ungerecht. So unverdient. Regine muss doch Zeit finden, ans Telefon zu gehen, auch wenn ihre Kinder sehr anspruchsvoll sind und der Job den Großteil ihrer Energie verschlingt. Das Mindeste, was Regine tun könnte, wäre, den Laptop aufzuklappen, ihrer eigenen Mutter eine kurze Alles-ist-gut-Nachricht zu schicken. Aber nichts zu sagen, nicht einmal ein paar Worte zu tippen, wenn die Kinder endlich im Bett sind, das ist unfair. Man hat schließlich nur eine Mutter in seinem Leben. Was ist das für eine Dankbarkeit.

Kopf hoch, Susanne, sagt sie sich. Sie nimmt einen Schluck von dem Wein, der auf dem Couchtisch vor ihr wartet. Sie zündet sich eine weitere Zigarette an, obwohl der Arzt ihr dringend geraten hat, damit aufzuhören. Was soll's. Wenn die eigene Tochter einen vergisst, ist alles erlaubt. Sie legt ihre Lieblingsplatte von Roland Kaiser auf. Der Abend wird lang.

Seit Regine in den Norden gezogen ist, haben sich die Dinge offensichtlich nicht gut entwickelt. Susanne muss an das Ende ihrer eigenen Karriere denken und findet, dass „Karriere" letztlich etwas hochgegriffen ist für ihre bescheidenen Jobs. Ihr Gehalt reichte zwar, um Regine ohne allzu große Probleme großzuziehen. Aber als die Firma dann pleiteging und sie arbeitslos wurde, bekam sie echte Geldprobleme. OK, jetzt kein Selbstmitleid. Der Fitnesstrainer im Gemeindezentrum hat recht, denkt sie; Selbstmitleid zieht einen nur runter und hilft nicht. Und Weinen macht hässlich, Susanne, soviel ist sicher. Die Mädchen im Schönheitssalon freuen sich nie, wenn sie dich mit geschwollenen Augen sehen. Welchen Eindruck macht das denn. Es löst nichts und kostet nur.

Sie hatte bereits ein paar Jahre ohne Mario verbracht, als Regine auszog. Mario hatte für seine Tochter nie wirklich die Rolle eines richtigen Vaters ausgefüllt, und noch weniger die eines Ehemanns für sie selbst. Was für ein Spinner. Es war gut, dass er sich dünne gemacht hat, erinnert sie sich lächelnd. Viel Glück mit seiner neuen minderjährigen Hure. Aber egal.

Sie steht auf, um die CD zu wechseln. Sie braucht jetzt etwas weniger Seichtes. Vielleicht Silbermond.

Ja, und für Regine lief es auch nicht wie geplant. Susanne erinnert sich vage an den Typen mit dem seltsamen Namen „Kellermeister", der Regine geschwängert hat – mit Zwillingen, um Himmels willen. Er hatte sich sehr bald danach fortgemacht, ohne eine Nachsendeadresse zu hinterlassen. Sie weiß, dass Regine ihn gegoogelt hat, um Unterhalt zu fordern, aber ohne Erfolg. Vielleicht ist er jetzt in der Bundeswehr, auf dem Balkan oder in Mali oder sonst wo. Pech gehabt. Damals tat ihre Tochter ihr leid, aber das ist alles Schnee von gestern. Mit den beiden Kindern hat sich Regine im Norden irgendwie durchgeschlagen. Eine anspruchsvollere Ausbildung wird sie beiden bestimmt nicht bieten. Sie, Susanne, kann ihr von hier aus auch nicht wirklich helfen. Allerdings weiß sie auch nicht über alles Bescheid. Vielleicht ist das gut so. Zu wissen, wie Regine im Einzelnen über die Runden kommt, könnte sie nur deprimieren, überlegt sie. Das muss hart für das Mädchen sein. Aber noch härter für die Mutter, die mit ihr so viele gute Pläne hatte. Es ist unfair ihr gegenüber.

Sie nimmt noch einen Schluck, diesmal einen größeren. Silbermond ist gut: „Ich wünsch dir was". Ich werde mit dem Fitnesstrainer sprechen, welche Musik man am besten für die Übungen auswählt, sagt sie sich, als Programm für morgen.

Silbermond unterbricht ihren Gedankenstrom, als sie die Zeile „War schön dich hier zu sehn" hört. Morgen wird sie mit den Vorbereitungen für Weihnachten beginnen. Weihnachten ist immer ein Albtraum, da Regine weit weg ist und mit den Kindern nicht so einfach verreisen kann. Der Fitnesstrainer wird wahrscheinlich bei seiner eigenen Familie sein. Wie schade, aber so ist es nun einmal. Er wäre eine gute Gesellschaft, denkt sie, und in ihrem Herzen glüht ein kleiner Funke

Hoffnung. Wenn das nicht klappt, wird sie wieder in der Gesellschaft des „Kleinen Lords" sein, zum x-ten Mal. Alec Guinness und der Kinderschauspieler, dessen Name ihr gerade entfallen ist, beide sind gut. Und sie weiß, dass sie vor dem Fernseher wieder ein bisschen weinen wird.

Weihnachten ist schwierig, selbst in den besten Zeiten. Sie erinnert sich an die wenigen Dezembermonate, die sie mit Mario verbrachte – kein angenehmer Gedanke, eher schrecklich. So viel Heuchelei, so viel falsche Harmonie. Die Einkaufsbummel waren in Ordnung, aber im Nachhinein waren es nur sinnlose Versuche, bestimmten Erwartungen anderer gerecht zu werden. An den Festtagen selbst waren sie beide völlig erschöpft und sicherlich viel ärmer, als ihre Bank es zuließ. Für Regine waren diese frühen Jahre möglicherweise gar nicht so schlecht. Aber das ist jetzt Vergangenheit. Sie schenkt sich ein weiteres Glas ein.

Das bringt uns zur Frage der Weihnachtsgeschenke, denkt sie. Bei einer kleinen Familie war das normalerweise kein großes Problem, insbesondere wenn man starke Kreditkarten besitzt. Jetzt reicht das Geld vielleicht für ein paar Bilderbücher für die Kleinen. Oder einen weiteren Sammelband von Paddington-Bär-Geschichten. Zwillinge haben den Vorteil, dass man immer nur an eine Altersgruppe denken muss, lächelt sie in sich hinein. Schnell und einfach für die Oma.

Amazon könnte das Verpacken und Versenden der Geschenke übernehmen.

Und für Regine? Ein Erwachsener wirft natürlich mehr Fragen auf. Nicht, dass Regine eine dieser Frauen wäre, die alles haben. Aber man kann leicht etwas falsch machen und den Kern der Sache verfehlen. Zwischen den verschiedenen Lippenstiften, die sie für die letzten drei Weihnachtsfeste ausgesucht hatte, *„Be Dior"*, *„Warm Up Red Rose"* und *„Hip Hazelnut"*, liegen Welten. Sie weiß nicht einmal, ob Regine einer davon gefallen hat, wird ihr klar. Die Farben hatten einfach ihren eigenen Geschmack getroffen, aber was ist daran falsch? Sie ist schließlich ihre Mutter.

Wenn sie darüber nachdenkt, weiß sie nicht einmal, ob Regine im Alltag überhaupt Lippenstift verwendet. Vielleicht nur für Rendezvous, mit wem auch immer. Nicht gut, dass sie die Lage nicht kennt, aber was soll man machen, wenn die Tochter einen tage- und wochenlang nicht einmal anruft? Besser, man schaut selbst nach, was das Mädchen will.

Regine hatte vor einigen Monaten ihre Wunschliste auf Amazon erwähnt.

Susanne steht auf, während Silbermond „Keine Angst" singt. Ihr wird etwas schwindelig, ist ja klar warum, ha-ha. Hinüber zum Schreibtisch in der Ecke, wo noch Marios alter Arbeitsplatz einstaubt. Sie fährt den Computer hoch, der Bildschirm leuchtet auf, und nach viel Schnurren und Summen öffnet sich der Browser.

OK, Amazon aufrufen, um Regines Liste zu überprüfen. Susanne setzt sich auf den alten Schreibtischstuhl und wartet, bis das Portal erscheint. Ein paar Klicks weiter ist sie im richtigen Bereich. Sie gibt Regines vollständigen Namen ein, aber keine Liste erscheint. Wie kann das sein, fragt sie sich? Sie versucht es dann mit dem Vornamen, aber das ist hoffnungslos, es gibt über fünfzig Regines mit oder ohne Nachnamen in der Datenbank, und sie hat eigentlich keine Lust zu raten, ob eine davon ihre Tochter sein könnte. Sie kennt sie sowieso nicht gut genug, um die Verbindung zwischen dem Wunsch nach einer bestimmten Lippenstiftfarbe und ihrer eigenen Regine herzustellen. Was wie eine gute Idee aussah, ist nur eine Sackgasse.

Oder doch? Sie steht auf, wählt eine andere CD, nimmt ihr Glas und setzt sich wieder. Soweit sie weiß, hat Regine nie einen anderen Familiennamen als den ihrer Mutter getragen.

Und dann fällt ihr ein, dass die Dinge vielleicht ganz anders liegen. Vielleicht möchte ihre Tochter ihre Wünsche und Sehnsüchte geheim halten. Sie blättert durch den Katalog der Einträge. Als sie den Namen „Regine Kellermeister" sieht, stockt Susannes Herz. Kann das sein? Oder ist es Zufall? Sie holt Luft und klickt. Die Liste öffnet sich.

Zuerst sieht sie nur eine lange Spalte mit Bildern und Überschriften. Sie sortiert die Liste von den ältesten zu den neuesten Einträgen, weil ihr die älteren Einträge vielleicht besser bekannt sind. Sie beginnt zu lesen und bald wird ihr klar, dass dies tatsächlich ihre Regine sein könnte. „Leben mit Zwillingen" ist ein Buchtitel. „21 Gründe, das Alleinsein zu lieben" ein anderer. Ein Reiseführer für den Norden. Ein beliebtes Kochbuch. Eine alte *Wham!*-CD, die so gut wie nichts kostet.

Sie hält einen Moment inne, um einen Schluck aus ihrem Glas zu nehmen. Sie spürt, wie ihre Wangen glühen.

Bis jetzt ist die Auswahl nicht sehr auffällig. Ein gewisser Zweifel bleibt, aber in Susannes Kopf wächst die Hoffnung, dass sie einen Schlüssel zum Leben ihrer Tochter gefunden hat.

In den folgenden Monaten stellte Regine – oder wen ihre Mutter für Regine hält – immer mehr Bücher über Babynahrung, Berufsberatung und Dekoration in die Wunschliste. Im März letzten Jahres hat die Tochter einen eigenartigen Titel hinzugefügt, der Susanne nichts sagt: „Leonardo Da Vinci: Maler, Forscher, Universalgenie". Was ist da passiert? Steht sie unter dem Einfluss von jemandem? Das sieht ihrer Tochter überhaupt nicht ähnlich. Vielleicht sollte sie sie eines Tages fragen.

Jetzt fällt Susanne ein, dass bis jetzt kein einziger Schönheitsartikel, kein Lippenstift und kein Hautpflegeprodukt auf der Liste steht. Susanne wird unruhig. Irgendetwas stimmt nicht. Entweder ist das nicht Regines Liste, oder sie hat ihre Tochter irgendwie verloren.

Beim Weiterlesen findet sie unter den neueren Einträgen ein Buch mit dem Titel „Marc Aurel: Wege zu sich selbst", dann: „Sieben Tage Achtsamkeit: Langsam werden". Eine CD mit dem Titel „Der Klang inneren Friedens". Wie seltsam. Sie kann nicht wirklich glauben, was sie sieht. Es müssen dunkle Mächte am Werk sein, die ihre Tochter in die Irre führen.

Nun nähert sie sich den Einträgen, die Regine in diesem Frühjahr hinzugefügt hat. Es gibt ein Hardcover mit dem Titel „Töchter und Mütter". Ein anderes lautet „Die Macht des Zuhörens". Bald darauf: „Gute Tochter – Böse Tochter" und „Werde ich jemals gut genug sein? Heilung für Töchter narzisstischer Mütter". Susanne spürt, wie die Panik steigt, die kleinen Härchen auf ihrem Arm stellen sich auf. Sie fragt sich, ob sie immer noch auf eine Wunschliste blickt oder eher auf ein geheimes Tagebuch, das sich in Gegenständen spiegelt. Sie hatte ja keine Ahnung, dass Regine in irgendeiner Weise litt. Überarbeitet, ja, vielleicht manchmal ein bisschen nervös, aber heilungsbedürftig?

Hasst Regine mich, fragt sich Susanne, und tief in ihrem Herzen weiß sie, dass dies tatsächlich die Liste ihrer Tochter ist.

Sie liest weiter, und plötzlich sinkt die Raumtemperatur. Die nächsten Punkte auf der Liste, die vor zwei Wochen hinzugefügt wurden, sind „Mein Finale gehört mir – Suizid ist keine Sünde" und „Wenn die Nacht kommt". Damit enden die Eintragungen.

Susanne kann kaum atmen. Ihr Herz schlägt wild, und sie schwitzt. In ihrem Ohr ist ein seltsames Geräusch, und in ihrem Sichtfeld erscheinen schwarze Flecken. Ihre Hände zittern. Sie hat Schwierigkeiten aufzustehen, aber es gelingt ihr, zum Sofa zu gehen, ohne den Couchtisch umzustoßen. Ihre Gedanken rasen. Angst packt ihr Herz. Im Amazon-Portal schlummert ein Skandal, eine Katastrophe, die darauf wartet, jeden Moment loszubrechen, bereit, sie vor der ganzen Welt bloßzustellen. Ein Skandal, der mit ihr, ihrer eigenen Geschichte und ihrer Lebensweise zu tun hat.

Sie fühlt sich verhöhnt und verletzt, alleingelassen von ihrer eigenen Tochter. Tief enttäuscht. Nicht traurig, sondern eher verärgert, irritiert. Wie konnte das passieren, über so lange Zeit hinweg, fragt sie sich. Es hat doch keine Warnsignale gegeben. Regine hat ihr gegenüber auch nie erwähnt, dass es ein Problem, ein ernstes Problem zwischen ihnen gab. Niemals. Das ist alles so ungerecht.

Es ist spät. Susanne fragt sich, ob sie nach so vielen Wochen des Schweigens heute Abend noch versuchen soll, Regine anzurufen. Sie holt das Telefon, doch dann hält sie inne.

Was kann sie sagen?

Was wird sie hören?

Wird sie etwas hören – irgendjemanden, am anderen Ende der Leitung?

Im Holz

„Eigentlich ist es nur das sekundäre Xylem der Samenpflanzen," hatte der freundliche Förster gesagt und auf den großen Holzstapel gedeutet. „Wird vom Kambium erzeugt."

Aha, hatte ich mir gesagt. Xylem. Kambium. Wieder etwas gelernt. Ich wusste nicht was, aber immerhin. Neue Fremdworte.

Heute Morgen waren wir uns oben im Staatsforst zufällig über den Weg gelaufen, er auf seiner regelmäßigen Runde zur Überprüfung des Waldzustands, ich auf meiner wöchentlichen Wanderung hinauf zur Burg. Wir trafen uns nicht zum ersten Mal. Aber jede Begegnung in der Einsamkeit stellt eine gewisse Befriedigung dar: man ist nicht allein, die Zivilisation ist nahe.

Andererseits begibt man sich üblicherweise in den Wald, um seine Ruhe zu haben. Der Förster stört nicht, er gehört zum Wald wie die Rehe. Oder wie die Eichelhäher, die so schön-schrecklich krächzen, sobald man näherkommt. Sie alle sind Teil desselben Biotops und tragen es dem Spaziergänger nicht nach, wenn der nur höflich mit dem Kopf nickt, lächelt und seinen Weg ohne Unterbrechung fortsetzt.

Die Bäume. Das frische Grün des Frühsommers. Der Geruch nach Harz und feuchtem Boden. Die Rufe der Vögel, die Stille, die gute Luft.

„Waldbaden" sagt man neuerdings dazu. Ich spüre, dass mir der Wald guttut, körperlich und seelisch. Der Wald macht mich friedlicher, weniger hektisch. Auf meinen Streifzügen entdecke ich in meinem Kopf jedes Mal längst verschollen geglaubte Erinnerungen. Die Natur hilft mir, mich auf Schönes zu konzentrieren, Unerwartetes zu denken, zu neuen Einsichten zu kommen.

„Bleiben Sie mal kurz", hatte der Förster heute früh in ernsterem Ton hinzugesetzt. „Eins will ich noch sagen. Oben an der Drei-Wege-Kreuzung habe ich ein Plakat aufgehängt. Schauen Sie sich das doch mal an. Sie kennen ja die Gegend hier."

Ich nickte und versprach, seine Mitteilung zu studieren. Dann trennten wir uns. Ich wollte so schnell wie möglich weiter. Der Weg zur Burg ist steil und anstrengend. Ich gerate immer etwas außer Atem. Aber sobald ich oben die Aussicht in die Ebene genießen kann, verspüre ich jedes Mal wieder ein bisschen Stolz auf meine gute Form.

Zwangsläufig kam ich an der Drei-Wege-Kreuzung vorbei. Eine Alternativroute gibt es nicht.

Nach einigem Suchen – die Kreuzung ist riesig – sah ich das kleine Plakat. Im Format einer Schreibmaschinenseite, in Plastik eingehüllt, war es an einem Draht befestigt, der um einen dürren Baum geschlungen war.

„Vermisst", lautete die große Überschrift. Darunter ein winziges pixeliges Foto, das einen mittelalten, bereits etwas kahlköpfigen Mann zeigte. Offensichtlich ein Schnappschuss, nicht für einen Reisepass geeignet, vielleicht herauskopiert aus einem zufällig bei einer Gartenparty oder einer Geburtstagsfeier entstandenen Gruppenbild.

Der darunter stehende Text sprach allerdings nicht von einer Gartenparty.

„Der 35-jährige Piet van Akeren aus Alkmaar wird seit dem 4. Oktober vermisst. Der erprobte Wanderer wurde zuletzt beim Aufstieg zu dieser Burg gesehen und gilt seitdem als verschollen. Sachdienliche Hinweise…"

Ungläubig las ich den Text zum zweiten, zum dritten Mal. Hier, verschollen, in dieser Idylle? Meine Gedanken rasten. An keiner Stelle ist das Terrain so steil, dass man abstürzen und sich ernsthaft verletzen könnte. Von einem Baum ist hier seit hundert Jahren niemand mehr erschlagen worden. Bären gibt es in diesem Forst seit 1668 nicht mehr, darüber klärt den Vorbeikommenden eine kleine Tafel unterhalb der Burg auf. Wölfe trifft man nur viel weiter im Süden an. Wildschweine, ja, das war denkbar. Aber sie greifen nur an, falls man sie arg provoziert. Ein tollwütiges Tier, dem van Akeren ungewollt zu nahekam? Das wäre doch immerhin ein tröstlicher Gedanke, denn es hätte nichts mit der Bosheit eines anderen Menschen zu tun, sondern wäre Teil der Natur. Tödlich, krank, aber keineswegs hinterlistig oder niederträchtig. Vielleicht ein Blitzschlag?

In jedem dieser Fälle hätte man den Körper schon längst gefunden.

Verwirrt und wie angewurzelt starrte ich auf das Plakat. Was war da vorgefallen? Es musste Heimtücke sein, durchfuhr es mich eiskalt. Ein Überfall. Mord. Die Leiche irgendwo verscharrt.

Sofort begann ich, mit den Augen die Kreuzung abzusuchen. Wo vorher herzerfrischend hellgrünes Unterholz stand, gab es jetzt nur noch ideale Verstecke für einen Angreifer. Statt fröhlichem Vogelgezwitscher hörte man jetzt nur noch — drückende Stille. Die Bäume bildeten ein abstoßendes Spalier, undurchdringlich, düster. Alles Warnzeichen.

Wiederholt blickte ich links und rechts über die Schulter. Ich musste wissen, ob ich auf der Kreuzung weiterhin allein war. Das Knacken eines Zweiges knallte wie ein Schuss und ließ mich zusammenzucken. Der Schrei des Eichelhähers — war es ein geheimes Erkennungszeichen, ein Signal zum Überfall?

Sobald es mein Zustand erlaubte, setzte ich langsam meinen Weg zur Burg fort. Ich trat leise auf, um meine Anwesenheit niemandem zu verraten. War das lächerlich? Nein, eine reine Vorsichtsmaßnahme. Van Akeren war genau hier vor einem halben Jahr vorbeigekommen. Jetzt sah man ja, was er davon hatte.

Mein Tritt wollte nicht fester und regelmäßiger werden. Das Terrain war mir vertraut, aber ich verdoppelte doch meine Anstrengungen, die Wegränder auf jedes unbekannte Detail hin zu überprüfen. Hier, diese aufgestapelten Stämme, hatte ich die beim letzten Mal gesehen? Was mochte sich dahinter, auf der vom Weg abgewandten Seite verbergen? Und dort, der Hochsitz — war die kleine Tür bereits in der vergangenen Woche geschlossen gewesen? Ich spürte, wie sich Unsicherheit und Angst unaufhaltsam in mir breitmachten.

Das Kambium, das Grün, die Stille war mir mit einem Male unheimlich geworden. Ich erwartete überall nur noch versteckte Fallen, Hinterhalte, verborgene Gruben. Wenn man es recht bedenkt, ist der Wald ein idealer Ort für Teufeleien aller Art. Wie kommt der Mensch nur auf den Gedanken, sich ohne Not solchen Gefahren auszusetzen.

Nach hektischem Nachdenken kam ich zu dem Schluss, dass ich heute gar nicht zur Burg hinauf musste. Niemand konnte mich dazu zwingen, ich war ja aus eigenem Antrieb hier.

Nach wenigen Schritten machte ich kehrt, lange bevor oben das düstere Gemäuer mit seinen vielen dunklen Ecken in Sicht kam. Als ich die Drei-Wege-Kreuzung wieder erreichte, vermied ich es, das

Plakat anzuschauen. Ohne Pause eilte ich weiter den Berg hinab. Erst als ich die Häuser des Ortes erreichte, begann ich zu pfeifen.

Nicht fair

Die Besuche in der Seniorenresidenz fielen Jasper zunehmend schwer. Im Gespräch mit dem Alten musste man vieles zwei oder drei Mal wiederholen, weil das Hörgerät wieder in der Schublade einstaubte. Vor allem aber hatte sein Großvater väterlicherseits zu allem und jedem eine dezidierte, oft schneidend scharfe Meinung. Schöne Gespräche waren es nicht, dachte Jasper, während er die Stufen in den ersten Stock hinaufstieg. Schön war anders. Aber was tat man nicht alles um des lieben Friedens willen. Dass die wöchentlichen Stippvisiten auf Beschluss des Familienrats an ihm hängengeblieben waren, war nicht fair. Sein Bruder dagegen hatte geregelte Arbeitszeiten, der konnte das Betreuungspensum doch besser einrichten.

„Findest du nicht, dass Bruno auch mal kommen könnte?", fragte er den Opa und setzte sich an dessen kleinen Tisch mit den Teetassen. „Bruno, mein Bruder. Der könnte dich doch auch mal besuchen kommen. Zur Abwechslung. Einfach, damit du auch mal etwas aus der spannenden Welt des Lebensmittelhandels hörst. Nicht immer nur meine Geschichten aus der Uni."

Die Antwort des Alten kam wie aus der Pistole geschossen: „Lebensmittelhandel interessiert keinen Schwanz! Verschon mich mit deinem Bruder. Ich will etwas von dir und deinem Studium hören." Der Opa grinste breit, als er hinzusetzte: „Das bringt den Kreislauf immer so richtig auf Trab."

Jasper wusste, was kommen würde. Was immer er erzählte, würde nur höhnisches Gelächter auslösen, bösartige Kommentare, spitzfindige Einwände, deren empirische Begründungen der Alte meistens im selben Augenblick erfand, in dem er sie formulierte. So war sein Opa: trotz seines Alters klar im Kopf, und immer noch so kampfeslustig wie früher.

„Irgendwie ist es nicht fair, dass Bruno keinen Kontakt zu dir hat", sagte Jasper. Er glaubte, eine weniger anstößige Wortwahl gefunden zu haben, als wenn er gesagt hätte: es ist unfair, dass immer ich es bin, der hierher zu dir stiefeln muss.

„Lenk nicht ab", sagte der Alte. „Erzähl gefälligst, worüber man neuerdings in der akademischen Welt spricht."

„Generationengerechtigkeit. Das ist im Moment das große Thema", sagte Jasper etwas widerwillig. Er ahnte, was kommen musste.

Der Alte war elektrisiert. „Wer denkt sich denn so etwas aus? ‚Gerechtigkeit', das ist doch ein Begriff aus dem 19. Jahrhundert. Aus dem 18. wahrscheinlich, oder noch älter. Was soll man denn mit diesem Blech heutzutage anfangen?"

„Naja", sagte Jasper, „so sehen wir das nicht. Ein Beispiel sind doch die Rentenbeschlüsse. Was soll daran gerecht sein, wenn man immer mehr

Rentnern immer mehr Geld gibt, das immer weniger Junge bezahlen sollen?"

„Red' keinen Unsinn", rief der Alte und nahm eine feindselige Haltung ein. „Wir haben unser Leben lang geschuftet. Mit deiner angeblichen Gerechtigkeit willst du uns nur etwas wegnehmen, was wir uns hart erarbeitet haben. Du willst uns in Armut stürzen. So etwas lernt man also heutzutage auf der Uni? Es ist nicht zu fassen. Es wird Zeit, euch die Haushaltsmittel zu kürzen. Dreißig Prozent des Bundeshaushalts werden für deine sogenannte Bildung verpulvert. So eine Unverschämtheit ..."

Jasper war sich absolut sicher, dass die Zahl nicht stimmte, aber er ließ die steile These seines Großvaters lieber unkommentiert. Außerdem wusste er mit Gewissheit, dass sein Opa nie geschuftet, sondern von einer Erbschaft gelebt hatte. Seinen Enkeln würde er wohl wenig hinterlassen. Auch irgendwie nicht fair, ging es ihm durch den Kopf.

Der Alte redete sich derweil in Rage. „Wenn du so anfängst, dann kommt wohl als nächstes die Geschichte mit der Geschwindigkeitsbegrenzung auf Autobahnen!"

Jasper kam nicht umhin, die Geistesgegenwart seines Gegenübers zu bewundern. Eine interessante Volte: Wenn man bei der Rente in die Defensive gerät, schnell auf ein anderes Reizthema ausweichen ...

„Ja, Opa, da sagst du etwas. Wir geben immer mehr für Straßen aus, die Autos werden immer größer und das Geld fehlt bei der Bahn. Dabei wäre die doch viel besser für die Umwelt. Und dann blasen die dicken SUVs bei hundertachtzig Ka-em-ha auch noch jede Menge schädliche Stickoxide in die Luft."

„Papperlapapp!", fuhr ihm der Alte dazwischen, „die deutschen Autos werden immer sauberer und sicherer, das weiß doch jedes Kind. Bei den Chinesen ist das allerdings anders. Hat der ADAC gerade festgestellt."

Der Alte redet wieder Quatsch, sagte sich Jasper. Laut fügte er hinzu: „Also ich weiß nicht … Vielleicht hast du da etwas in den falschen Hals gekriegt. Jedenfalls haben wir heute in der Uni über den Erdüberlastungstag geredet. Seit gestern leben wir von der Substanz unserer natürlichen Ressourcen, die man nicht mehr ersetzen kann. Wir tun ständig so, als gäbe es kein Morgen."

„Noch nie gehört", murmelte der Großvater. „Wer will denn so etwas Schräges herausgefunden haben…"

„Kann man alles nachlesen", erwiderte Jasper und erläuterte das Konzept. Der Alte schwieg jetzt, ob tatsächlich aus Interesse an den Ausführungen seines Enkels oder aus Müdigkeit, das war schwer auszumachen. Um das Thema abzuschließen, sagte Jasper: „Unter Gerechtigkeitsgesichtspunkten ist das wohl der größte Skandal. Deine Generation verfrühstückt die Welt und lässt uns Jüngere immer ärmer zurück. Das findest du vielleicht fair, weil du glaubst, dass man mit Geld alles kaufen kann – ich nicht."

„Ich komme ja kaum noch aus dem Haus", sagte der Großvater kleinlauter als vorher. „Also mich kannst du schon mal nicht meinen. Ich habe seit drei Jahren kein Auto mehr. Vom Fliegen hat mir der Arzt abgeraten. Aber wenigstens das Essen schmeckt mir noch."

„Hast du eine Ahnung," antwortete Jasper, der jetzt richtig in Fahrt war, „weißt du, wieviel man aufwenden muss, um dein Steak herzustellen?" Ihm war diese Wendung hin zu den kleinen Fragen des Alltags durchaus recht, denn da waren die Argumente etwas griffiger. „Du glaubst es nicht: für ein Kilo Rindfleisch muss man fünfzehntausend Liter Wasser einsetzen." Und um die Dramatik zu unterstreichen, wiederholte er mit großer Geste: „Fünfzehntausend Liter – für ein Kilo Fleisch!"

„Glaub ich nicht", antwortete der Alte. Müdigkeit, vielleicht auch ein Zögern und sogar eine Spur Weinerlichkeit lagen jetzt in seiner Stimme. „Das denkst du dir bloß aus, um mich zu erschrecken. Du bist grausam, oder wie soll ich das nennen ..." Er brach ab.

„Doch, doch. Tatsache." Jasper spürte, dass er gewonnen hatte. Ihm fiel auf die Schnelle auch noch der Atommüll ein, und der Weltraumschrott. Ozonloch. Regenwald. Polkappen. Artenvielfalt. Aber laut sagte er nur: „Kein Wunder, dass weltweit die Geburtenraten sinken. Versteh ich gut, dass niemand mehr Kinder in die Welt setzen will."

Jasper war überrascht, als der Alte nickte und sagte: „Hab' ich auch gelesen. Wo soll das hinführen, hast du dir das mal überlegt? Immer weniger Menschen. Da wünsche ich dir viel Spaß, wenn du mal ins Rentenalter kommst …"

Jasper stutzte. War das eine Basis, auf der man zu einer Verständigung zwischen den Generationen kommen konnte? Die gemeinsame Angst vor Vereinsamung und Verarmung, ja vor dem Aussterben? Wenn die Welt schon nicht fair war, dann waren alle wenigstens in der Furcht vor dem Nichts vereint? Jasper gruselte es bei dem Gedanken.

Dann sagte er: „Ich werde Bruno anspitzen, dass er auch mal vorbeischaut, der alte Schlaumeier. Dann kann er dir was aus der Welt der Lebensmittelhändler erzählen. Wird dir gefallen. Der macht dir dein Steak nicht madig." Und damit stand er auf und verabschiedete sich.

Der Großvater steckte Jasper noch einen Zwanzig-Euro-Schein zu — „für den Aufwand", den Jasper gar nicht gehabt hatte. Dann fiel die Tür hinter ihm ins Schloss. Das mit Bruno konnte ja vielleicht noch ein Weilchen warten.

Treppe zu den Sternen

Der Kriminalbeamte wurde langsam ungeduldig. Er blickte, wie häufig in solchen Situationen, dann und wann zum Foto des Bundespräsidenten an der Wand hinüber. Dem Mann, der ihm seit einer Viertelstunde auf der anderen Seite des Schreibtisches gegenübersaß und sich als Cornelius Terhopen ausgewiesen hatte, musste man jedes einzelne Wort aus der Nase ziehen. Der Gegenstand der Ermittlungen war bisher unklar, es war offen, ob überhaupt etwas polizeilich Relevantes vorgefallen war.

„Und dann …?", fragte der Ermittler zum wiederholten Mal.

Terhopen zögerte. „Dann hat sich alles erfreulich entwickelt." Er schwieg wieder.

Der Kriminalbeamte wollte vorankommen: „Und was heißt ‚erfreulich' für Sie? Aus den zweihundert Euro wurden zweihundertzehn, oder was?"

Wieder dieses entnervende Zögern. Dann murmelte Terhopen: „Erst dreihundertachtzig. Dann siebenhundertfünfzig. In einer Woche."

„Hört sich gut an, ging ja echt aufwärts" erwiderte der Beamte, grinste leicht und wartete auf eine Fortsetzung.

Terhopen studierte den Schreibtisch, als ob er von dort Hilfe erwartete. Sekunden vergingen.

Dann sagte er: „So hieß ja auch das Programm: ‚Ihre Treppe zu den Sternen‘.“

Der Staatsdiener machte sich eine kleine Notiz, um nicht gänzlich uninteressiert zu erscheinen. Er musste ein Gähnen unterdrücken. „Herr Terhopen, wo ist das Problem? Sie sagten eingangs, man habe Ihnen fünfzigtausend Euro gestohlen. Aus dem, was Sie mir jetzt erzählen, kann ich das nicht erraten.“ Er fand, dass der Mann einen verwirrten Eindruck machte. Möglicherweise hatte sich Terhopen alles nur eingebildet. Die Unterhaltung war reine Zeitverschwendung.

„Die fünfzigtausend habe ich wie gefordert an die britische Notenbank überwiesen. Zur Überprüfung meiner Liquidität. Wegen dem Kampf gegen Geldwäsche.“ Terhopen brachte zum ersten Mal mehr als einen Satz heraus.

Aha, sagte der Beamte, ob er mal die Einzahlungsquittung sehen könne. Nein, antwortete Terhopen, das sei alles online gelaufen, in fünf Tranchen à 9.999 Euro. Größere Beträge habe er ja nicht mit der Kreditkarte bezahlen können. Das Geld habe er sich vorher bei seiner Volksbank besorgt. Durch eine weitere Hypothek auf das Haus.

Und das sei wirklich die britische Notenbank gewesen, wollte der Beamte wissen.

„Ja, das war eindeutig", sagte Terhopen. „Oben auf dem Internetportal stand *Bank of Great Britain*."

Dem Kriminalpolizisten kamen jetzt stärkere Zweifel, ob der gute Herr Terhopen noch ganz richtig im Kopf war. Die britische Notenbank hieß schon immer *Bank of England,* das wusste doch jeder. Er machte sich eine weitere Notiz und überlegte, wie er weiter vorgehen sollte: den Mann energischer befragen, oder ihn nach Hause schicken? Er entschied sich für ersteres.

„Mein lieber Herr Terhopen, der Erfolg dieser sogenannten ‚Treppe zu den Sternen' bestand also darin, dass Sie am Ende einen erheblichen Betrag an eine nichtexistierende Bank überwiesen haben. Erzählen Sie. Von Anfang an."

Terhopen berichtete. Wie er die erste Mail über das sensationell attraktive Investmentprogramm erhalten habe. Überzeugend wurde darin beschrieben, sagte er, dass man — nach der kurzen Präsentation im Fernsehen — wegen des großen Zuspruchs die Aufnahme neuer Kunden sofort habe drosseln müssen. Aber als anerkannt guter Kunde seiner Bank sei er, Terhopen, unter den wenigen, die man nun zur Teilnahme an der ‚Treppe zu den Sternen' einladen wolle. Gegen eine Mindesteinlage von zweihundert Euro. Er habe mit der Überweisung nicht gezögert, und dann, nachdem aus den zweihundert Euro innerhalb kürzester Zeit knapp tausend geworden waren, habe er mehrere Beträge nachgeschossen.

Eine solche Chance dürfe man sich doch nicht entgehen lassen, oder? fragte er den Beamten mit hilfesuchendem Blick.

Wieviel Geld er insgesamt investiert habe? wollte dieser wissen.

„Über zwei, drei Monate insgesamt fünftausend, mehr oder weniger", antwortete Terhopen.

Wo diese gute Firma denn ansässig sei, fragte der Ermittler. Er begann, ein Gesamtbild zu ahnen.

Terhopen sagte, er habe einmal kurz eine Postfachnummer in Lettland bemerkt. Alles sei ja über das Internet gelaufen, eine Anschrift habe er selbst nie zu schreiben brauchen. Und als aus den fünftausend…fünfzehntausend geworden war, habe er ja die Auszahlung verlangt. Daraufhin sei er noch am gleichen Tag angerufen worden. Eine junge Frau, völlig ohne Akzent und sehr kenntnisreich, wie er fand, habe ihm ausgemalt, dass die Treppe zu den Sternen nach oben hin noch viele Stufen aufweise. Sie hatte geschildert, dass sich die Firma gerade jetzt gänzlich neue Investitionsmöglichkeiten für den Abbau seltener Erden gesichert habe. Diesen Effekt sollte er auf jeden Fall noch abwarten, habe sie gesagt, in drei, vier Wochen werde sich das schon auszahlen. Daraufhin habe er sein Auszahlungsverlangen erst einmal zurückgestellt. Denn in Finanzdingen sei er ja kein Anfänger.

„Kein Anfänger …", murmelte der Beamte tonlos vor sich hin. Er begann, Bewunderung für die Dreistigkeit zu empfinden, mit der die Betrüger vorgegangen waren. Und Mitleid mit der Dummheit, mit der Herr Terhopen ganz offenbar geschlagen war.

Laut fragte er: „Und dann kam die Sache mit der britischen Bank?"

„Ja", bestätigte Terhopen, „mein Guthaben stieg nach ein paar Wochen auf fünfzigtausend Euro, das konnte man ja auf dem Portal sehen. Ich brauchte die Summe für eine neue Heizung und forderte die Auszahlung. Dieselbe Frau rief mich wieder an und erklärte mir, alles gehe absolut in Ordnung, sie unterzeichne gerade die Überweisung. Da sei nur noch die Sache mit dem Schutz vor Geldwäsche. Das sei reine Formalität, aber leider notwendig, bevor ich in den Genuss meines Guthabens komme, zu dem sie mir ausdrücklich gratulieren wolle. Also habe ich das Geld besorgt und nach England überwiesen."

Dem Beamten wollten schon die Tränen kommen, da fragte Terhopen leise: „Und wie bekomme ich jetzt mein Eigentum zurück?"

Das war eine Frage zu viel. Es war die bodenlose Naivität, die abgründige Blödigkeit des Mannes vor ihm, die den Beamten davon abhielt, laut loszulachen.

Stattdessen sagte er ernst:

„Sie wollen sicher, dass wir ein Ermittlerteam nach Lettland schicken. Das wird nicht einfach sein, Herr Terhopen. Hohe Kosten, Sie verstehen. Aber ausschließen kann ich gar nichts. Es hat nur einen gewissen Preis. Erstens müssten Sie etwas an unsere Kaffeekasse spenden. Bei dem erwartbaren Aufwand so um die zwanzig Euro."

Terhopen nickte.

Der Beamte überlegte kurz, um dann hinzuzufügen: „Und zweitens müssten Sie sich fotografieren lassen mit einem Toaster auf dem Kopf. Damit die Polizei in Lettland Bescheid weiß, worum es geht. Könnten Sie das für uns tun?"

Er wollte Terhopens Antwort gar nicht mehr hören, so war ihm das Ganze zuwider. Er stand auf, knöpfte seinen Sakko zu und wies auf die Tür des Büros.

Terhopen war jedoch noch nicht ganz fertig. „Entschuldigung", sagte er kleinlaut, „wo kann man das Foto machen?"

Dreimal 255

Herr Weiß strebte nichts Geringeres als die Weltherrschaft an. Er war überzeugt, die alles erklärende Formel gefunden zu haben, die Formel, mit der der Bauplan des Kosmos entschlüsselt werden konnte. Er glaubte, dass er allein im Besitz dieses Wissens war, und das sollte, wenn es nach ihm ginge, möglichst lange auch so bleiben. Es fiel ihm daher schwer, Mitstreiter für seinen Kampf zu gewinnen. Denn dazu wäre es nötig gewesen, anderen zumindest den einen oder anderen vagen Hinweis auf die Formel zu geben. Aber sobald er auch nur das kleinste Detail preisgäbe, wäre sein exklusives Wissen in Gefahr, das spürte er ganz deutlich. Von jedem Teil der Formel ließ sich schließlich rasch auf das Ganze schließen. So, wie man offenbar anhand einer einzigen Tonscherbe den Alltag einer versunkenen Kultur beschreiben konnte.

Es war nach seiner Auffassung nur eine Frage der Zeit, bis er sich die Erde untertan machen würde. Ein wenig Geduld war noch erforderlich — vielleicht, wagte er sich in Momenten persönlicher Schwäche vorzustellen, noch ein oder zwei Jahre. Disziplin, das war jetzt das Wichtigste, dann würde er sein Ziel erreichen.

Herr Weiß sah sich selbst als Wissenschaftler. Eigentlich war er gelernter Drogeriefachverkäufer.

Aber durch Selbststudium im Internet hatte er sich nach dem Eintritt in das Rentenalter stetig fortgebildet. Viele Tage brachte er damit zu, das Web nach Spuren der einen, der wichtigsten aller Formeln zu durchkämmen. Jedes Mal, wenn er eine neue Fährte aufnahm und dem Geheimnis näher zu kommen glaubte, durchfuhr es ihn siedend heiß. Genau so, dachte er dann, musste es Galileo, Newton, Einstein oder Oppenheimer in den Momenten ergangen sein, in denen sie ihre bahnbrechenden Entdeckungen machten: die Welt war fortan nicht mehr dieselbe.

Ganz ohne Helfer kam natürlich auch Herr Weiß nicht aus. Da war zum einen sein Nachbar, der ihn gelegentlich in Fragen der Informationstechnik beriet. Gernot war ein erfahrener Mann, vielleicht etwas verschlagen, aber nach einem Schnaps oder zwei doch gewillt, Herrn Weiß honorarfrei den Weg durch das Netz zu weisen, hier einen verschwiegenen Browser aufzusetzen, dort einen verborgenen Zugang zu öffnen.

Die andere Unterstützerin war Donna Ramona, die zwei Stockwerke über der Wohnung von Herrn Weiß ihren zahlreichen Klienten mit Traumdeutungen, Radixberechnungen und der Interpretation von interstellaren Konstellationen über die schwierigsten Klippen des Lebens hinweghalf. Donna Ramona machte das selbstverständlich nicht für umsonst, schließlich war sie Mitglied im Deutschen Astrologen-Verband.

Aber die Ausgaben für die Konsultationen zwei Etagen höher hielt Herr Weiß durchaus für gerechtfertigt.

Donna Ramona war es auch gewesen, die zum ersten Mal das Wort „Formel" benutzt hatte.

„Formeln lügen nicht", hatte sie bei einer der Sitzungen einmal geäußert. „Sie drücken eine tiefere Wahrheit aus, auch wenn sie ihrer Einfachheit wegen zunächst täuschen können. So ist der Aszendent — und das ist nicht dasselbe wie Ihr Sonnenzeichen! — maßgeblich für das Bild, das Sie anderen Menschen gegenüber abgeben. Der Aszendent ist das, was wir von Natur aus sind. Und da sehe ich für Sie, Herr Weiß, nur Großes und etwas Mächtiges, das alle Hindernisse aus dem Weg zu räumen imstande ist. Beachten Sie die Formel!"

Nachdenklich und in seinem tiefsten Inneren berührt war Herr Weiß danach die zwei Treppen wieder herabgestiegen. Dieser Tag markierte wohl den Beginn seiner Suche nach der Weltformel. Wenn es Formeln gab, sagte er sich, dann musste es auch eine Formel geben, die alle anderen Formeln in sich barg.

Nach zwei Schnäpsen half Gernot ihm am folgenden Nachmittag bei den ersten Schritten, der von Donna Ramona leider nur angedeuteten Spur zu folgen.

„Du musst hier klicken", sagte Gernot mit leicht belegter Zunge, „dann erscheint der Quellcode. Wenn du den analysierst, bist du schon schlauer als Otto Normalverbraucher." Zufrieden mit sich und der Welt lehnte er sich zurück und deutete noch einmal auf die Flasche.

So unscheinbar begann Herrn Weiß' langer Weg zur Wahrheit, der ihn der Weltherrschaft sehr nahe bringen sollte.

Wann genau sich seine Auffassungen zu gesicherten Erkenntnissen verfestigten, oder anders gesagt: wie Weiß schließlich in den Besitz der alles entscheidenden Formel gelangen konnte, ließ sich im Nachhinein nur schwer rekonstruieren. Mehrere Forscher diesseits und jenseits des Atlantiks mühten sich lange darum, Licht in diese Frage zu bringen. Einige von ihnen interviewten sogar Donna Ramona, die sich allerdings auf ihre Schweigepflicht als geprüftes Mitglied des Deutschen Astrologen-Verbands berufen konnte.

Mehrheitlich neigt die Weiß-Forschung heute der Ansicht zu, dass es weniger die zahlreichen und auf Dauer recht kostspieligen Beratungen durch Donna Ramona oder gar die ständigen Einflüsterungen Gernots waren, die letztlich den Ausschlag gaben. Entscheidend war wohl etwas anderes.

Es gibt nämlich Belege, dass es vor geraumer Zeit auf einer Parkbank im Stadtpark zu einer vermutlich zufälligen Begegnung zwischen Herrn

Weiß und einer Unbekannten kam, in deren Verlauf die Frau rief:

„Wie putzig! Weiß! 255, 255, 255, das müssten Sie kennen!"

Genau diese Formel — dreimal 255 — war es, die Herr Weiß am selben Abend voller Vorahnungen in seinen Browser eingab. Er war wie vom Donner gerührt, als er über 17 Millionen Fundstellen fand. Ganz offensichtlich war er einer großen Sache auf der Spur. Weiß' Schicksal nahm seinen Lauf, denn jede dieser Fundstellen führte mit zahllosen Verzweigungen tiefer in das Labyrinth des menschlichen Wissens. Jede wollte ausführlich recherchiert werden.

Wenn Gernot zu diesem Zeitpunkt ins Vertrauen gezogen worden wäre, hätte er trotz der vielen Schnäpse vielleicht die technische Bedeutung der drei Zahlen erläutern können. Aber Herr Weiß behielt sein Wissen lieber für sich. Selbst Donna Ramona hätte ihn vielleicht rechtzeitig warnen können. Aber nein, Weiß strebte die alleinige Weltherrschaft an, sie schien ihm zum Greifen nahe. Dreimal 255, das war die Formel, die alles verändern würde.

Kurz vor dem Ziel kollabierte Herr Weiß wegen totaler Erschöpfung, von der er sich nie wieder erholen sollte.

Anmerkungen

Viele dieser Texte sind für die Schreibgruppen in Speyer („Spira" des Literarischer Vereins der Pfalz, sowie den „Club der lebenden Autoren") oder für Veranstaltungen des Autorenkollektivs „Alles Literatur!" entstanden.

Eine gekürzte Fassung der Geschichte **Noahs Frau** (S.17) gewann im April 2024 den monatlichen Prosa-Wettbewerb des Literarischen Vereins der Pfalz.

Das **Denkmal** (S.37) des israelischen Künstlers Frank Meisler steht vor dem Bahnhof Hamburg-Dammtor. Ähnliche Skulpturen erinnern an zahlreichen anderen Orten Europas an die „Kindertransporte" aus dem nationalsozialistischen Deutschland (August 1938 bis November 1939).

Herr Heidelbär (S.47) war ein Geschenk für Jonas Bunjes zu seinem achten Geburtstag.

Zur Geschichte über den **Blauen Himmel** (S.59) hört man am besten die Originalversion von Gene Austin, die– neben den Einspielungen von Frank Sinatra, Fats Domino und anderen - weiterhin auf YouTube zu finden ist.

Die Wunschliste (S.91) ist die Übertragung einer zuerst 2018 auf Englisch publizierten Story.
Originalfassung in „Coffee Sniffers".

Die Zahlenfolge 255-255-255, die der Geschichte **Dreimal 255** (S.119) zugrunde liegt, bezieht sich auf die Definition der Farbe Weiß im RGB-Farbraum.

Frühere Bände

Texte 2017
Dezember 2017

✂

Erprobungen - Test runs 2016-2018
August 2018

✂

Coffee Sniffers
und andere Geschichten/and other stories
November 2018

✂

Trunk, Branch, Leaf
Short stories
November 2019

✂

Lockdown Heroes
Short stories
Dezember 2020

✂

Müllerstraße, Wedding
und andere Texte 2017-2021
November 2021
2. Aufl. Februar 2022

✂

Ein Held in der Buttermilch
Stories und Gedichte
November 2022

✂

Ein Kessel Pommes
Geschichten
November 2023

Ulrich Bunjes
Gabelsbergerstraße 9
67346 Speyer

ulrich@bunjesrepublik.de

Informationen zu meinen Lesungen
und ausgewählte Texte stehen auf
https://schreiben.bunjesrepublik.de